DU MÊME AUTEUR

Aux Éditions Gallimard

INVERSION DE L'IDIOTIE, roman, 2002. Prix François-Mauriac de l'Académie française 2002.

ENTRE LES OREILLES, roman, 2002.

LE POTENTIEL ÉROTIQUE DE MA FEMME, roman, 2004 («Folio», nº 4278). Prix Roger-Nimier 2004.

QUI SE SOUVIENT DE DAVID FOENKINOS ?, roman, 2007. Prix du jury Jean-Giono 2007.

NOS SÉPARATIONS, roman, 2008 («Folio», nº 5001).

LA DÉLICATESSE, roman, 2009 («Folio», nº 5177, «Écoutez lire»).

LES SOUVENIRS, roman, 2011 («Folio», nº 5513, «Écoutez lire»).

JE VAIS MIEUX, roman, 2013 («Folio», nº 5785).

CHARLOTTE, roman, 2014 («Folio», nº 6135, «Écoutez lire»). Prix Goncourt des lycéens 2014. Prix Renaudot 2014.

CHARLOTTE. Avec des gouaches de Charlotte Salomon, 2015 («Folio», nº 6217).

LE MYSTÈRE HENRI PICK, roman, 2016 («Folio», nº 6403, «Écoutez lire»).

VERS LA BEAUTÉ, roman, 2018 («Folio», n° 6640, «Écoutez lire»).

DEUX SŒURS, roman, 2019 («Folio», n° 6800, «Écoutez lire»).

LA FAMILLE MARTIN, roman, 2020 («Folio», n° 7016, «Écoutez lire»).

NUMÉRO DEUX, roman, 2022 («Folio», n° 7160, «Écoutez lire»).

Aux Éditions Flammarion

EN CAS DE BONHEUR, roman, 2005 («J'ai lu», nº 8257).

CÉLIBATAIRES, théâtre, 2008.

LA TÊTE DE L'EMPLOI, roman, 2013 («J'ai lu», n° 11534).

LE PLUS BEAU JOUR, théâtre, 2016.

Aux Éditions Grasset

LES CŒURS AUTONOMES, roman, 2006 («Le Livre de Poche», n° 32650).

Suite des œuvres de David Foenkinos en fin d'ouvrage

LA VIE HEUREUSE

DAVID FOENKINOS

LA VIE HEUREUSE

roman

nrf

GALLIMARD

On devait même, pour aimer plus encore la vie, être mort une fois.

CHARLOTTE SALOMON

PREMIÈRE PARTIE

1

Éric Kherson appréhendait toujours de prendre l'avion. Il dormait en général assez mal la veille du voyage, se laissant dériver vers les pires scénarios possibles, imaginant tout ce qu'il laisserait derrière lui après sa mort violente dans un crash. Mais le désir d'ailleurs demeurait plus fort que la peur, dans ce combat incessant entre nos pulsions et nos frayeurs.

2

En tant que nouvelle directrice de cabinet du secrétaire d'État au Commerce extérieur, Amélie Mortiers était chargée de composer une équipe. Dès sa prise de fonctions, en mai 2017, elle avait pensé à Éric pour l'accompagner dans cette aventure. Ce choix plutôt insolite avait surpris son entourage. Elle aurait pu se laisser suggérer des profils aguerris par des chasseurs de têtes, mais non, elle avait préféré solliciter un camarade de lycée. Pourtant, ils s'étaient complètement perdus de vue depuis leurs années à Rennes. Les retrouvailles avaient eu lieu quelques mois plus tôt grâce à Magali Desmoulins, qui avait eu l'idée de créer le groupe Facebook des Anciens de Chateaubriand. Si cette initiative aurait pu paraître pathétique[1], elle avait finalement ravi la plupart des conviés. Évidemment, on flânait sur les différents profils avec le désir de comparer les trajectoires. Les échecs des autres nous soulagent toujours un peu des nôtres. C'est ainsi qu'Amélie Mortiers était tombée sur la page relativement inactive d'Éric Kherson. On n'y trouvait aucun élément personnel, simplement des commentaires sur l'activité de Decathlon. Depuis près de vingt ans, il avait gravi tous les échelons au sein de cette enseigne, de simple vendeur à directeur commercial du groupe. Dès qu'il semblait un peu fatigué, on lui lançait : « Alors ? À fond la forme ? » Il en était arrivé à détester ce slogan ridicule, mais cela ne se voyait pas ; il souriait de manière détachée, comme un homme en vacances de lui-même.

Il fut pour le moins surpris d'être contacté par Amélie. Éric avait gardé le souvenir d'une fille hautaine, dont l'assurance frôlait le dédain. Après le bac, elle était partie poursuivre des études brillantes à Paris, jusqu'à intégrer l'ENA. En relisant son message, il se dit qu'il avait eu tort de la juger ainsi. La lucidité sur les autres n'avait jamais été son fort. Une femme occupant un tel poste, qui lui écrivait personnellement sur Facebook, en vue d'une proposition professionnelle, cela dénotait plutôt une nature simple et directe. Oui, elle avait

1. N'y a-t-il pas une forme de renoncement au présent dans toute exaltation du passé ?

parlé de *proposition*. Que lui voulait-elle ? Et pourquoi lui ? Cela ne lui coûtait rien d'écouter ce qu'elle avait à lui dire. Ils convinrent de se retrouver le lendemain, à 8 heures, dans un café de la rue du Bac. Éric estima que c'était une heure bien trop matinale pour évoquer un quelconque enjeu. L'avenir apparaît plus aisément en soirée. Il arriva un peu en avance, afin de boire un double expresso en guise de prélude à leurs premiers échanges. Amélie pénétra dans le café pile à l'heure, comme si son corps vivait au rythme de son agenda. Avant ces retrouvailles, Éric avait furtivement scruté des photos récentes d'elle qu'on pouvait trouver sur Internet, mais n'ayant pas de compte Instagram, il avait été bloqué avant d'en voir beaucoup. On sentait qu'elle abordait la quarantaine tel un rendez-vous avec l'apogée de sa sensualité. Elle dégageait, semblait-il, une sorte de puissance solaire. Mais à mesure qu'elle s'approchait de lui, il en jugea différemment. En dépit de son large sourire, il ne put s'empêcher de ressentir chez elle comme quelque chose de malveillant.

« Tu n'as pas changé, dit-elle en s'asseyant.

— C'est une formule de politesse, je suppose.

— Peut-être », avoua-t-elle en souriant pour masquer la réalité : elle avait presque eu du mal à le reconnaître. Au lycée, Éric n'était pas forcément le genre de garçon qu'on remarque d'emblée, mais il respirait une forme de tranquillité qui pouvait passer pour du charisme. Il possédait ce charme des discrets, jugeait-elle. Il réapparaissait à présent avec toute la panoplie du repli. Son physique avait pris la trajectoire d'un renoncement. Elle se demanda l'espace d'une seconde pourquoi elle l'avait contacté, lui. Il lui faudrait sûrement du temps avant d'en comprendre la raison. Elle finit par reprendre :

« Je te remercie d'avoir été si réactif.

— Ton message était intrigant.

— C'est dommage qu'on se soit perdus de vue comme ça. Enfin, je sais que nous n'étions pas spécialement proches. Et puis, quand je suis partie pour Paris, je n'ai plus vu grand monde.

— …

— C'est finalement une bonne chose, ce groupe Facebook…

— Oui.

— Et toi, tu es resté à Rennes ?

— Oui, j'y ai commencé mes études de commerce, et puis… »

Il s'arrêta subitement, avant d'ajouter : « Et puis, mon père est mort. » Visiblement, Amélie n'était pas au courant de ce qui s'était passé. Avant les réseaux sociaux, les tragédies se répandaient moins. Éric parvint à enchaîner, et évoqua rapidement sa carrière.

« C'est idiot, mais en voyant tout ce que tu as accompli, je n'ai pas pu m'empêcher d'éprouver une forme de fierté, commenta Amélie.

— Ah bon ?

— Oui. Je ne sais pas. Le côté Bretons solidaires.

— Je n'avais jamais vu les choses comme ça.

— Ce sont nos racines, tout de même. Pourtant, je n'y retourne pratiquement jamais. Mes parents ont déménagé à Nice…

— …

— J'adorerais qu'on parle de nos souvenirs, mais, comme tu peux l'imaginer, j'ai très peu de temps en ce moment. Il y a une telle énergie avec Macron. Les gens attendent beaucoup. »

Il en allait toujours ainsi au début des mandats, songea Éric. Ce qui différencie les présidents, c'est le moment où surgit la désillusion. Amélie commanda un café qu'elle ne but pas ; elle en avait déjà avalé trois depuis son réveil. Pour évoquer son parcours, elle partit dans un monologue qu'elle sut rendre captivant. Elle maîtrisait à merveille la narration d'elle-même. Mais il fallait vite aller à l'essentiel. Elle avait la charge de la constitution d'un pôle d'action qui devait tout à la fois partir à la conquête des marchés étrangers et faire de la France un pays attractif pour les investisseurs. Si les CV des technocrates s'empilaient sur son bureau, il lui semblait évident qu'elle devait faire appel à des compétences issues de ce qu'on appelait « la société civile ». Lui étaient alors revenues en tête les images du profil Facebook d'Éric Kherson, avec les quelques instantanés de sa réussite chez Decathlon. Elle avait également lu une interview de lui dans *Challenges* dans laquelle il avait eu la délicatesse de ne pas trop tirer la couverture à lui, mais on sentait bien à quel point le groupe avait bénéficié de ses grandes qualités. Quand elle le sonda clairement sur l'éventualité qu'il rejoigne son cabinet, il répliqua :

« Je… Je ne sais pas quoi te dire.

— Tu as le temps de réfléchir, bien sûr. Enfin, pas trop longtemps…

— …

— J'ai envie de travailler avec quelqu'un comme toi. Tu as gravi tous les échelons d'une grande entreprise. Il y a des choses que tu comprendras mieux que moi, j'en suis sûre. Tu peux imaginer la pression que je vais subir. Et puis, je dois te dire autre chose : j'ai besoin de quelqu'un que je connais, qui ne me jugera pas comme pourrait le faire un inconnu. Nous ne sommes pas proches, mais on vient du même endroit. On est bretons…

— C'est la deuxième fois que tu parles de ça.

— Je crois que tu comprends parfaitement ce que je veux dire… »

En quelques mots, Amélie avait fait basculer la conversation sur un terrain presque émotionnel. Elle avait décidément tout d'une politique. Elle enchaîna alors avec le versant pragmatique, en évoquant l'existence trépidante que son offre pouvait représenter, avec de nombreux voyages. La situation paraissait surréelle à Éric. Cette ancienne du lycée qui ressurgissait pour lui proposer de changer de vie. Plus étrange encore, il n'avait aucun souvenir précis de leur relation d'alors. Leur seul lien se résumait à une traversée commune de la vie scolaire. Avec le temps, on en vient parfois à déformer la réalité ; des figurants du passé en deviennent les acteurs principaux. Elle semblait si ferme dans son désir de travailler avec lui qu'il en était déstabilisé. Cela faisait longtemps que personne n'avait considéré son parcours avec un tel enthousiasme. Il ne recevait plus guère d'encouragements, si bien qu'il avait fini par douter de tout, et de lui-même surtout. Les mots d'Amélie comblaient quelque peu les béances d'un ego abîmé.

3

Éric devait réfléchir. Son hésitation allait de soi : il quitterait un poste important et stable pour une aventure ministérielle par essence incertaine. Le salaire serait inférieur, mais cette question-là le préoccupait peu. Cela lui paraissait presque improbable d'avoir si bien gagné sa vie jusqu'ici, étant donné le milieu modeste dont il était issu. Sa réussite lui avait permis d'offrir un grand appartement à sa mère, pas très loin de leur quartier d'origine. Son père n'avait pas pu assister à cette consécration matérielle, ce qui lui serrait le cœur. Son entourage le considérait comme un « bon fils », mais cette générosité constituait une compensation acceptable à son éloignement. Il ne retournait que rarement dans la Bretagne de son enfance, où il ressentait toujours un certain malaise. Il y avait là tous les ingrédients d'une nostalgie sans goût. À vrai dire, il avait progressivement cessé d'aller voir sa mère, fatigué par avance de toutes ces conversations identiques, du refrain incessant des reproches. Une succession d'allusions négatives qui constituait un véritable réquisitoire contre lui. Éric trouvait parfois des justifications au comportement de sa mère ; elle souffrait. Mais lui aussi était hanté par ce qui était arrivé. À l'époque, il avait consulté un psychologue, avant de partir pour Paris. La fuite avait été une sorte de remède. Il s'était alors offert l'illusion d'être la première page d'un roman. Il avait par ailleurs rompu avec de nombreuses connaissances, ressentant la nécessité de s'entourer de personnes qui ignoraient tout de son passé ; de personnes qui ne risquaient pas, par leur simple présence, de le propulser dans les souvenirs acides. Il fallait se séparer des témoins du tragique.

Il n'avait pourtant jamais cessé d'éprouver un sentiment de culpabilité. Une amie lui avait dit un jour : « Éric, ne te reproche rien. Tu sais, nous sommes tous coupables de quelque chose. » Il avait été surpris par cette affirmation. Elle tentait d'atténuer ainsi sa douleur, bien sûr. À l'en croire, aucune destinée humaine n'était à l'abri des mauvais choix.

Cette conversation ne l'avait pas apaisé, mais il avait commencé à admettre qu'il méritait de vivre. Il avait perdu de vue cette amie ; certaines rencontres déterminantes ne sont donc que fugitives. En dépit de son diplôme de l'ISG de Paris, il n'avait pas trouvé à l'époque de travail qui lui convienne. Lassé par avance à l'idée d'envoyer des dizaines de CV et de passer des entretiens, il avait préféré saisir la première occasion qui s'offrait à lui. Il s'était ainsi retrouvé vendeur chez Decathlon. Toute sa vie, il avait vu son père enchaîner les chantiers, ne jamais se reposer, être inlassablement dans l'action. À chaque nouveau pas dans sa vie professionnelle, Éric lui racontait ses progrès dans un monologue intérieur, et ces conversations fantasmées semblaient parfois si réelles.

Dans le cadre de ce premier emploi, il s'était retrouvé au rayon tennis, ce sport pour lequel il avait éprouvé une véritable passion mais qui lui était désormais interdit. On avait remarqué ses qualités, avant de lui proposer de nouvelles responsabilités. Et ainsi de suite. Sa formidable carrière s'était déroulée sans encombre. Dans l'ensemble, il avait été assez peu confronté à l'agressivité ou à la rivalité. Mais vient un temps où il est difficile de trouver une motivation à poursuivre ce qui existe déjà dans notre vie. Il avait quarante ans ; il était encore jeune pour être vieux mais l'avenir lui paraissait sans surprise. Pendant longtemps, il avait été animé par un désir de progresser au sein de Decathlon. Puis une forme de lassitude s'était emparée de lui. Comme un désintérêt général. L'envie de réussir s'était échappée. Lors de réunions importantes, Éric s'était mis à regarder par la fenêtre. Par ailleurs, il avait l'impression que chaque mouvement lui prenait un temps fou. La mélancolie s'annonce sûrement ainsi, par la lenteur de plus en plus lancinante des gestes à accomplir. Même au restaurant d'entreprise, où il se rendait régulièrement dans le souci de paraître proche des salariés, la moindre décision lui demandait un effort abyssal. On l'avait parfois vu comme figé pendant plusieurs secondes devant le buffet des entrées, happé par la vision des œufs mayonnaise. Il avait du mal à comprendre ce qui était en train de lui arriver.

La DRH, inquiète, avait fini par lui proposer un déjeuner. Elle le connaissait depuis longtemps, elle voyait bien que quelque chose ne tournait pas rond. Dès le début du repas, elle avait tenté de poser des mots sur ce qu'elle pressentait. Elle avait parlé de « burn-out ». « Cela arrive à tout le monde de craquer », avait-elle ajouté. Plus il écoutait cette femme bienveillante, plus il estimait qu'elle faisait fausse route. Ce qu'il éprouvait était différent, moins logique, ressemblant davantage à une lassitude de vivre. Il avait fini par la rassurer, disant qu'il traversait une mauvaise passe, que cela ne durerait pas. Il avait menti pour qu'on le laisse tranquille ; il avait souri pour cacher la fissure. Une chose était certaine : la proposition d'Amélie Mortiers arrivait au bon moment. C'était peut-être même la principale qualité de cette offre. Il y voyait la possibilité de bifurquer enfin, de repousser cet état dépressif qui le guettait. Il pensa bien sûr à son angoisse de prendre l'avion, mais il rêvait tant de fuir le plus loin possible. Quant à son fils, depuis le divorce, il ne le voyait qu'un week-end sur deux et la moitié des vacances : ses futures absences ne modifieraient pas fondamentalement le rythme indolore de leur relation. Restait la question de son engagement politique. À vrai dire, à la dernière présidentielle, il n'avait pas voté. Son devoir civique, lui aussi, avait sombré dans la somme des actions qu'il n'accomplissait pas. Mais ses convictions importaient peu à Amélie. Elle voulait un collaborateur compétent, pas un militant.

Quelques jours plus tard, il annonça sa démission chez Decathlon. Son entourage se montra franchement surpris, comme si on n'avait jamais envisagé qu'il puisse partir. Cette stupéfaction dans le regard des autres le déstabilisa ; on le considérait donc comme un homme prévisible, incapable de hors-piste, un monogame professionnel. En quittant la société après près de vingt ans, il voyait son image changer subitement. Comme il était appelé au gouvernement, la direction aménagea les conditions de son préavis, et son pot de départ fut des plus chaleureux. Certains de ses collègues allaient lui manquer, pourtant ils ne se verraient plus vraiment. La vie d'entreprise cimente des relations qui se désagrègent dès lors que l'on quitte les enjeux communs. On n'a subitement plus rien à dire à des personnes avec qui on conversait sans cesse auparavant. Éric échangerait tout de même encore avec un ou deux collaborateurs par messages, mais ce serait de plus en plus rare ; il allait être happé par sa nouvelle vie, oubliant progressivement tout ce qui l'avait tant animé pendant des années.

Pour son dernier jour chez Decathlon, il s'était rendu dans le magasin où il avait débuté comme vendeur au rayon tennis. C'était à Brétigny-sur-Orge, à une trentaine de kilomètres de Paris. Il s'était posté devant une Wilson ; le modèle de l'époque n'existait plus, mais c'était bien une raquette de cette marque qui avait été sa première vente. Il se souvenait parfaitement de son émotion : il avait réussi à convaincre un jeune homme plutôt décidé au départ à acheter un premier prix. Il avait accompli beaucoup de choses par la suite, mais cette extase de la première fois était demeurée en lui, intacte. Il avait su trouver les mots, adopter la bonne attitude. En revenant sur les lieux, il avait l'impression de saluer celui qu'il avait été. Une vendeuse s'était approchée de lui : « Est-ce que je peux vous aider ? » Il avait écouté les conseils de « Stéphanie » (on mettait le prénom sur le badge des vendeurs, cela créait une relation de confiance, presque d'intimité). En terminant là où il avait commencé, il apposait à sa carrière la douceur du rond. Ainsi en avait-il terminé avec vingt ans de sa vie.

4

Le lundi suivant, il fut accueilli à Bercy par un assistant si mince qu'on l'aurait cru sculpté par Giacometti. « Amélie s'excuse, elle est en rendez-vous... », dit-il laconiquement en lui désignant son bureau. Un peu plus tard, un technicien vint installer son ordinateur et configurer sa messagerie. Éric n'avait aucune idée de ce qu'il devait faire. Il commença par lire la presse économique et s'informer des dernières actualités concernant le gouvernement. On attendait avec quelque appréhension la visite de Donald Trump dans les jours à venir. Il peinait à se concentrer sur sa lecture ; son esprit voyageait sans cesse vers d'autres intrigues mentales, sortes d'adultères du réel. Une heure passa ainsi, et toujours pas d'Amélie. Il hésita à sortir de son bureau, à errer un peu dans les couloirs, à faire peut-être connaissance avec d'autres personnes. Mais non, c'était à elle de le présenter. Dans une dérive paranoïaque, il pensa un instant qu'elle avait fait exprès de ne pas être disponible à son arrivée, comme pour créer un malaise propice à la domination.

La situation était improbable, et même carrément inconfortable. Éric avait quitté un poste prestigieux pour se retrouver un lundi matin dans un bureau perdu au milieu d'autres bureaux, sans savoir que faire. Il avait la désagréable impression d'être à la place de l'un des nombreux stagiaires qu'il avait reçus au fil des années. Il fut soudain traversé par une évidence : il avait commis une erreur monumentale en acceptant cette fonction. Tout l'angoissait à présent. Il allait devoir se montrer souriant, dynamique, ambitieux même, tout ce qu'il n'avait plus à faire depuis longtemps. Il y avait toujours du danger dans le changement. Il avait du mal à saisir par quel cheminement de l'inconscient il s'était laissé convaincre. Il oublia à cet instant qu'il suffoquait depuis des mois ; il avait pris sa décision par désir d'un ailleurs davantage que d'un avenir. Il était en train de comprendre que c'était illusoire, et que son mal-être le suivrait partout où il irait. Il en était là dans ses réflexions pessimistes quand Amélie apparut enfin dans le bureau. Elle avait toujours cette façon d'arriver quelque part en parlant, comme si elle avait commencé la conversation dans le couloir :

« Alors, tu es bien installé ?

— Oui, ça va.

— Excuse-moi, je n'ai pas eu le temps de te recevoir ce matin. Une urgence. Je suis tellement contente que tu sois là. Je vais te présenter le service. On va tous déjeuner ensemble. Des sushis, ça te va ? »

En quelques mots, elle venait de gommer la terrible impression du début de la matinée. Il y a des gens à qui l'on pardonne tout, dont la simple apparition est synonyme de capitulation. Lors de ce premier déjeuner, Amélie présenta Éric comme s'il était un vieil ami. Une fois encore, elle semblait confondre la longévité d'une relation avec son intensité. Il n'allait certainement pas la contredire en déclarant : « Je ne connais pas cette femme. J'ai dû lui parler trois fois dans ma vie, et c'était il y a plus de vingt ans… » Bien au contraire, il fit preuve d'une implacable docilité. Pour adouber le récit de cette subite connivence, il ponctua son écoute de petits sourires. À nouveau (était-ce une obsession ?), Amélie évoqua leurs racines bretonnes. Elle voulait offrir à ses collaborateurs la meilleure version d'elle-même. Elle était cette fille sympathique qui avait conservé ses amis d'enfance et qui, malgré sa proximité avec les hautes sphères du pouvoir, n'avait pas renié ses origines. Éric avait vaguement l'impression de lui servir d'alibi dans l'exercice de sa mythomanie. Il n'arrivait pas à savoir s'il trouvait cela pathétique ou touchant ; c'était peut-être la même chose.

L'équipe, plutôt jeune, allait le regarder non comme un collègue lambda mais comme un intime d'Amélie. Instinctivement, on se méfierait de lui. Il serait possiblement une taupe prête à dénoncer leurs secrets, leurs négligences, leurs retards. C'était vraiment mal le connaître. À ce stade de sa vie, la seule personne à qui il pouvait nuire, c'était lui-même. Étrangement, cette impression ne dura pas. Dès le lendemain, Amélie prit un ton plus distant avec sa nouvelle recrue et leur relation bascula dans la normalité de la hiérarchie. Elle pilotait le cabinet, il donnait son avis, et on oublia progressivement leur illusoire connivence. Ce revirement du chaud vers le froid aurait pu déstabiliser Éric. Bien au contraire, il lui convenait parfaitement. Il espérait évoluer à l'abri de l'affect. Cela ne l'empêchait pas de douter. Lui qui avait mené une si belle carrière continuait de se demander : « Pourquoi est-elle venue me chercher, moi ? » Il perdait parfois de vue un point essentiel : elle l'avait bien cerné, semblait-il, car il se montrait doué pour ce qu'elle lui demandait. Il préparait des dossiers extrêmement précis, synthétisant les forces et les faiblesses de telle ou telle entreprise. Rapidement, on vanta la qualité de leur duo. On les disait souvent *complémentaires*. Leur entourage adorait schématiser ainsi leur équilibre : Éric était un stratège et Amélie possédait un sens rare du relationnel. La première année passa rapidement, avec de nombreux déplacements. Si les trajets en avion demeuraient pour Éric particulièrement anxiogènes, il fut heureux de découvrir Rio ou Toronto. Il éprouvait parfois le sentiment un peu vaniteux d'être utile à son pays. La période était faste. Sur la scène internationale, l'élection d'Emmanuel Macron avait offert de la France une image dynamique et moderne propice aux investissements. Mais la crise des Gilets jaunes vint nettement ternir le storytelling d'un nouvel eldorado économique, inquiétant forcément les entreprises étrangères ; fallait-il croire en l'économie d'un pays ainsi fracturé, prompt à de telles violences ? Les pillages, le saccage de l'Arc de Triomphe compliquèrent naturellement ici ou là des négociations en vue de partenariats. Il fallait minimiser l'impact des mouvements sociaux, vendre la chose comme l'ADN d'un peuple révolutionnaire et caractériel. Une image presque romantique du Français râleur. On pouvait tout oser pour signer un contrat, y compris réécrire le roman national. Quand le chef de l'État se déplaçait dans un pays, cela facilitait encore les choses. Il s'entourait de grands industriels, et l'on sentait un esprit de conquête dans ces heures où l'arme était un stylo.

5

La nuit s'était déjà emparée des bureaux. Ce vendredi 20 décembre 2019, tout le monde avait quitté le ministère un peu plus tôt que d'habitude. Amélie aurait pu suivre le mouvement. Pour une fois, elle avait la possibilité de rentrer à temps pour dîner avec ses filles. En semaine, elle ne les voyait que le matin. Elle préféra faire un peu de tri dans ses dossiers avant la trêve de Noël. Après tout, elle aurait toutes les vacances pour profiter de sa famille. Au bout d'un moment, elle sortit de son bureau et déambula dans les couloirs désertés. Éric ne partait jamais sans l'accord d'Amélie. Elle passa le voir :

« Il n'y a que nous pour être encore ici à cette heure.

— Oui. Je ne vais pas tarder, si ça te va…

— Tu ne veux pas qu'on aille prendre un verre ? J'ai besoin de décompresser.

— …

— À moins que tu aies autre chose… »

Éric n'avait rien de prévu ; à part rentrer chez lui, et dîner devant la télévision. Il se sentait particulièrement épuisé en cette fin d'année. Il lui semblait en tout cas compliqué de dire non à Amélie, frontalement. Il aurait pu trouver une excuse, mais elle le prenait de court. Il était incapable d'improviser un mensonge. Cette proposition lui paraissait bien sûr étrange.

Elle râlait souvent sur la façon qu'a la vie professionnelle d'asphyxier la vie privée ; elle n'en pouvait plus des dîners imposés, sans parler des week-ends à l'étranger. Cette rhétorique de la contrainte se fracassait à présent contre l'évidence d'une errance destinée à retarder le moment du retour à son domicile. Par ailleurs, Éric redoutait ce tête-à-tête dans un cadre moins professionnel. Qu'allaient-ils se dire ? En voyage, leurs conversations tournaient essentiellement autour des dossiers en cours. Certes, Amélie essayait parfois de saupoudrer leurs échanges de petites tonalités intimes, mais c'était à la manière des Américains qui se lient d'amitié tout en restant sur leur palier.

Une fois qu'ils furent installés dans le bar le plus proche, Éric se dit qu'il devait faire un effort pour élever le niveau général de son enthousiasme. Ses sourires récents paraissaient moins sincères, comme s'ils se sentaient coupables de trahir la mélancolie. Amélie commença :

« Ça va nous faire du bien de souffler un peu.

— Oui.

— Je voudrais vraiment te remercier pour tout ce que tu fais. C'est tellement précieux pour moi. Mais parfois je me demande si tu es bien, au ministère. Si tu ne regrettes pas ta vie d'avant...

— Non, pas du tout.

— Tu es heureux ? »

La question était directe. Rien n'était plus complexe que la définition du bonheur. Il devait répondre vite, pour ne pas trahir ses états d'âme :

« Bien sûr. C'est stressant, mais j'aime vraiment ce qu'on fait.

— C'est bien que tu me le dises, car cela ne se voit pas tout le temps. Quand on a fêté le contrat au Brésil, par exemple, tu semblais être ailleurs.

— J'étais sûrement fatigué, avec le décalage.

— Je comprends. Sache en tout cas que tu peux me parler… »

À cet instant, Éric eut comme un doute. Il se demanda si Amélie était dans la bienveillance, ou si elle avait organisé ce moment pour le recadrer. Elle tenait régulièrement ce genre de discours à deux têtes. Elle voulait une équipe dynamique, enthousiaste, joyeuse. Encore son côté à l'américaine. C'était tout juste s'il ne fallait pas se faire des *hugs* à chaque rendez-vous qui se passait bien.

Éric se laissait souvent aspirer par la version négative des faits. Amélie s'enquérait simplement de son état d'esprit, en tant que responsable de groupe. Elle ne faisait jamais peser sur son équipe la pression qu'elle subissait. Elle enchaîna sur un tout autre registre :

« Tu vas à Rennes, pour les fêtes ?

— Oui, chez ma mère.

— Avec ton fils ?

— Non. Il part en Martinique avec sa mère, dit-il en tentant de paraître détaché.

— Ah c'est super pour lui.

— Oui. Et toi ?

— On va à la montagne. Enfin on passe d'abord chez mes parents à Nice, pour le réveillon. Je suis si heureuse d'avoir du temps avec mes filles… »

Éric ne put s'empêcher de penser à nouveau : « Mais pourquoi n'est-elle pas rentrée chez elle plus tôt ce soir ? » Un instant, il émit l'hypothèse qu'elle était du genre à parler de ses enfants comme certains touristes photographient la tour Eiffel, sans même la regarder. Amélie semblait parfois être la narratrice de sa vie et non son héroïne. Elle vantait des choses qu'elle fuyait. Éric se sentit subitement ridicule, jugeant ainsi des éléments d'un quotidien qu'il ne faisait qu'imaginer. Et il était mal placé pour penser ainsi. Lui-même évoquait souvent son fils, alors qu'il n'en avait jamais demandé la garde partagée. « C'est pour favoriser l'équilibre de l'enfant, faciliter son emploi du temps », avait-il avancé à l'époque. Mais il aurait pu déménager, s'organiser autrement, se battre. À vrai dire, la séparation l'avait amputé de toute énergie. Éric revisita encore un peu sa propre histoire pendant qu'Amélie continuait à parler de ses filles. La conversation avait pris l'allure de deux récits parallèles, le dialogue de deux solitudes.

Ils finirent par se quitter vers 21 heures, dans une ivresse relativement maîtrisée. Sur le trottoir, au dernier moment, Amélie ajouta : « Ah, j'ai oublié de te dire, mais on ira sûrement à Séoul fin janvier, pour préparer la visite de Jean-Baptiste. » Éric trouva incongru qu'elle annonce ce déplacement de manière aussi anecdotique. Ce n'était pas dans ses habitudes. Tout, dans cette fin de journée, était atypique. Puis il songea qu'il n'était jamais allé en Asie, et qu'il pourrait rapporter un cadeau original à son fils. La Corée, c'était le royaume des gadgets. Le lendemain matin, dans le train pour Rennes, il parcourut quelques pages sur son téléphone à propos de Séoul, des conseils touristiques et des appréciations générales. Il finit par tomber sur un article évoquant le très fort taux de suicide dans ce pays.

6

Il aurait pu prétexter une surcharge de travail, pourtant Éric avait accepté de passer une semaine entière chez sa mère pour les fêtes. Cela ne lui était pas arrivé depuis plusieurs années. L'absence de son propre fils allait ajouter du sinistre au sinistre. Il avait essayé de convaincre son ex-femme de ne partir que le lendemain de Noël, mais elle avait déjà pris les billets sans le consulter. Marc avait des amis en Martinique qui avaient loué une grande maison au bord de la mer. Cet homme s'ingéniait à posséder des choses qui le dépossédaient lui. Depuis qu'il était entré dans la vie d'Isabelle, ils nageaient ensemble dans les eaux joyeuses de la famille recomposée. Hugo adorait son beau-père, si bien qu'Éric n'exprimait jamais franchement ce qu'il pensait, et se laissait de plus en plus souvent écarter sans protester. Tout de même, le réveillon de Noël, ce n'était pas rien, comme prise de guerre. Bien sûr, il avait sa part de responsabilité, en ne revendiquant pas suffisamment son territoire paternel. La relation avec son fils était bien trop épisodique ; parfois, il lui semblait manquer des étapes de son évolution, un peu comme on ne saisirait pas vraiment le sens d'un roman dont on sauterait trop de pages.

La séparation s'était produite calmement. Isabelle avait pris sa décision, et en avait fait part à Éric. « Y a-t-il quelqu'un d'autre ? » avait-il demandé. Non, même pas. Son désamour n'avait pas eu besoin de la naissance d'un autre sentiment. Elle appréciait le père de son fils, mais le trouvait de plus en plus introverti, pour ne pas dire éteint. Bien sûr, elle savait ce qu'il avait vécu. Mais vient un temps où l'on doit renoncer à sauver l'autre pour se sauver soi. Isabelle avait davantage d'ambition pour sa vie amoureuse ; elle ne voulait pas d'un épanouissement au conditionnel. Pourtant, elle se remémorait avec tendresse leur rencontre. Éric venait de devenir responsable du magasin de Brétigny. C'était là, au rayon running, qu'il l'avait vue pour la première fois. Il n'était plus vendeur, pourtant il s'était approché d'elle pour l'aider. Isabelle voulait s'acheter une nouvelle paire de baskets pour le semi-marathon des Yvelines. Il avait aussitôt pensé : « Je dois revoir cette fille. » Il s'inscrivit à son tour à cette course, sans même penser à l'effort physique que cela représentait. Quand il la retrouva, après la ligne d'arrivée, il hoqueta : « Alors ces chaussures ? » Elle mit un temps avant de comprendre qu'il s'agissait là du vendeur de chez Decathlon. Il faut dire qu'il était difficile à reconnaître, le visage creusé par l'effort. Éric se demanda pourquoi il avait agi de cette façon-là, en réapparaissant auprès de cette femme sous sa pire apparence. À bout de forces, il avait plusieurs fois failli abandonner, mais il avait tenu bon. Après avoir repris son souffle, il avait avoué : « Ce marathon, c'était tout ce que je savais de vous. » Isabelle fut charmée par cette démarche plutôt originale. Elle accepta un verre, puis un dîner, puis une nuit. Elle le trouvait délicat ; à ce moment précis de sa vie, cela la comblait absolument. Elle sortait d'une histoire passionnelle et chaotique avec un homme plus âgé ; elle rêvait d'un amour suisse.

Ce fut le début d'années harmonieuses qui aboutirent à la naissance d'Hugo. Jamais Éric ne s'était senti aussi épanoui. Et on ne cessait de lui donner davantage de responsabilités chez Decathlon. La vie paraissait possible à maîtriser. Évidemment, c'était une illusion. À quel moment les choses avaient-elles commencé à se ternir ? Difficile à dire. Si la paternité l'avait rendu heureux, elle ne cessait de le renvoyer au souvenir de son père. Il avait mis du temps à le comprendre. Il s'était réfugié de manière excessive dans son travail, fuyant outrageusement le bonheur. Isabelle avait été tolérante, mais on ne peut justifier indéfiniment les errances par les ratures du passé. Il désertait le territoire conjugal, parlait moins. Elle ne supportait plus ce qu'elle considérait comme une routine. Pourtant, chacun avait déposé dans ce mot une connotation différente. Quand elle voyait les mêmes vacances, les mêmes restaurants, les mêmes positions sexuelles, il voyait les rendez-vous heureux de la vie à deux. Ainsi, il n'avait pas anticipé le désastre.

Éric était donc incapable de s'inscrire dans une joie durable. Il ne cessait de repenser au début de son histoire avec Isabelle, dans une nostalgie quasi obsessionnelle. Le temps finit toujours par éventrer la beauté, pensait-il. Désemparé, il n'avait pas voulu se battre pour garder son fils. Il se plongerait plus que jamais dans sa vie professionnelle, ne ménageant pas ses efforts. Les premières années, il eut quelques aventures, rien de très sérieux. Sa plus longue relation fut avec Bénédicte, l'une des DRH du groupe. Ils échangeaient régulièrement, et subitement elle avait déclaré : « Tu me plais. » Plus jeune, et notamment pendant ses années de lycée, il aurait rêvé qu'une femme lui fasse une telle déclaration, s'offrant presque à lui. Il en avait été d'autant plus surpris que Bénédicte était mariée. Peu importait, la situation lui convenait parfaitement. Pendant plus de six mois, ils s'étaient régulièrement retrouvés, chez lui ou à l'hôtel, jusqu'au moment où elle avait été mutée à Marseille. Ils s'étaient quittés sans la moindre effusion.

7

Dominique avait le don d'appuyer là où ça fait mal: « C'est vraiment triste qu'Hugo ne soit pas là », avait-elle répété plusieurs fois à son fils. Éric avait beau connaître le fonctionnement de sa mère, cela ne l'empêchait pas de ressentir un agacement impossible à anesthésier. Il en était sûrement ainsi pour tous les enfants torturés par les humeurs parentales.

« Oui, je sais, maman, tu me l'as déjà dit dix fois.

— Elle aurait pu retarder son départ. Penser à nous...

— C'était une occasion unique. Il va être heureux, là-bas. »

Pour calmer sa mère, Éric devait faire la promotion de ce qui l'attristait. Bien sûr, elle avait raison. Noël sans enfants est un concept bancal. Hugo avait onze ans: il aurait exulté en ouvrant ses cadeaux. La scène aurait peut-être même fait basculer le trio dans la joie.

Pour achever de brosser le portrait insipide de la soirée à venir, Dominique avait enchaîné: « On va tout acheter chez Picard. Je n'ai pas la force de cuisiner. » Elle avait annoncé cela avec un parfum d'inédit, alors qu'il en allait toujours ainsi. D'un point de vue culinaire, l'enfance d'Éric n'avait que rarement dérogé aux pâtes ou aux poissons panés. Il avait imaginé un instant s'occuper du repas: il s'était vu coupant des légumes et faisant mijoter quelque chose, avant de se raviser. Il arrive que la pensée concrète d'une action achève le désir de l'accomplir. Cet abandon avait probablement un lien avec l'anticipation d'acides remarques maternelles. Quoi qu'il fasse, il y avait toujours un problème. Sa mère aurait été capable de publier l'anthologie de ses échecs. Une liste exhaustive allant de sa carrière professionnelle à un lacet de chaussure mal fait, en passant par les désastres incessants de sa vie sentimentale. À présent qu'il travaillait plus ou moins pour le gouvernement, elle avait trouvé un nouveau terrain de jeu : « Comment peux-tu collaborer avec un tel président ? Franchement, je ne dis à personne ce que tu fais. J'ai honte. Je ne sais pas ce qui t'a pris, Decathlon, c'était formidable… » Elle avait continué un long moment sa diatribe contre Macron.

Prétextant qu'il avait du travail, Éric passa une grande partie de l'après-midi dans sa chambre. En pensant à Amélie, il se mit en quête de la photo de sa classe de terminale. Elle devait être dans un carton, à la cave. Depuis sa séparation, il n'avait loué que des appartements meublés à Paris, si bien qu'il avait laissé chez sa mère la plupart de ses souvenirs. Il tomba tout d'abord sur une petite malle de livres. Il songea furtivement qu'il lisait beaucoup moins qu'avant. Romain Gary ou Gustave Flaubert avaient progressivement déserté sa vie. Cela remontait peut-être à la naissance de son fils, ou avant encore, il ne savait plus. Il lui était arrivé d'acheter un essai politique ou une biographie mais il était incapable de dater sa dernière lecture d'un roman. Il s'empara de *La Métamorphose* de Kafka dans l'espoir de le relire plus tard. Il ouvrit un carton, puis un autre, toujours à la recherche de la fameuse photo. Il finit par la trouver dans une pochette rassemblant aussi divers Polaroid. Ces images de son adolescence étaient comme de la science-fiction. Il mit un moment avant de se reconnaître dans la dernière rangée, à gauche. Il lui fut impossible de se remémorer tous les prénoms des élèves. Sa mémoire s'effaçait[1]. Enfin, il identifia Amélie. Elle arborait un grand sourire, comme un avant-goût de sa réussite à venir. Mais il y avait un autre élément qui méritait d'être souligné. Elle portait un pull rouge. Ce matin-là, elle avait donc dû se lever, et choisir dans son armoire son vêtement le plus voyant. Personne ne portait par hasard un tel pull le jour d'une photo de classe. Il y avait indéniablement chez elle le désir de résister au temps de manière clinquante (une postérité colorée).

Éric fit alors la découverte d'un détail surprenant. La photo était collée dans une pochette cartonnée à rabat, sur laquelle il avait fait signer tous les élèves. À l'époque, tout le monde avait dû faire ça : demander à chacun de mettre un petit mot en guise de souvenir. Il parcourut cette page pleine de petits dessins ou de « bisous », avant de tomber sur la signature d'Amélie. Juste au-dessus, elle avait écrit : « On se reverra. » Il resta stupéfait par cette phrase. Pourquoi avait-elle écrit cela ? *On se reverra…* Ils se connaissaient à peine. Ils avaient passé une année sans vraiment se parler, alors pourquoi se seraient-ils revus ? À l'aune de leurs retrouvailles récentes, ce mot prenait une signification étrange. Éric échafauda toutes sortes d'hypothèses. Peut-être avait-elle écrit cela à tous les élèves, par politesse ou enthousiasme naturel. Puis il dériva vers des scénarios plus alambiqués : avait-elle planifié dès cet instant-là de le retrouver dans sa vie ? Mais pourquoi aurait-elle agi ainsi ? Il repensa à la succession des événements, le message sur Facebook, la proposition immédiate de travailler

1. Autre possibilité : rien de tout cela n'était mémorable.

avec elle ; cela pouvait en effet avoir les allures d'une longue préméditation. Éric était conscient d'avoir récemment développé une légère propension à la paranoïa, imaginant aisément ici ou là les esquisses d'une manigance. Pour en avoir le cœur net, il pensa faire une photo de la dédicace et l'envoyer à Amélie. Mais il se ravisa, répugnant à la déranger pendant ses vacances. Son interrogation demeurerait en suspens, pour le moment tout du moins.

Une fois de retour dans sa chambre, il tapa « Amélie Mortiers » dans la barre de recherche de Google. On lui proposa sa page Instagram. Éric avait oublié qu'il avait déjà effectué cette recherche la veille de leur premier rendez-vous. Il détenait simplement un compte Facebook, dont la création n'avait eu qu'un but : visiter la page d'Isabelle au moment de leur rupture. Il se souvenait de combien cela lui avait fait mal de constater qu'elle avait des « amis » qu'il ne connaissait pas. C'était comme un accès, de loin, à cette vie dont il était désormais exclu. En parcourant chaque jour son profil, il avait le sentiment de renforcer son statut d'étranger. Ainsi, les réseaux sociaux se limitaient pour lui à ceux de son ex-femme. La géographie abîmée de sa vie amoureuse. Il avait tout de même fini par poster, de temps à autre, quelques moments forts de sa carrière chez Decathlon : les seules preuves d'une vie réussie dont il disposait. Il cliqua sur le lien Instagram pour découvrir les photos d'Amélie. Si sa page était en accès libre, il fut néanmoins bloqué au bout de quelques secondes. Il décida de se créer un compte. Encore une fois, il s'inscrivait pour suivre quelqu'un. Il se retrouva aussitôt face à la narration picturale d'une vie. Certaines existences se transforment ainsi en romans-photos. Plusieurs années étaient ici condensées par le prisme de souvenirs souriants qui respiraient la joie de vivre. C'était comme la parodie d'un bonheur affiché, pourtant, les scènes semblaient sincères. Amélie avait la capacité d'investir totalement le présent ; elle menait de front sa vie personnelle et sa vie professionnelle avec aisance. La dernière photo postée représentait ses deux filles en train de décorer un sapin d'une taille impressionnante, ridiculement excessive. Plus les vies se comparent les unes aux autres, plus la compétition prend une tournure risible.

Éric observait à présent certains clichés d'Amélie accompagnée de son mari. Il trouva un peu étrange que, au vu de ses fonctions officielles, elle ne fasse pas preuve d'un peu plus de discrétion quant à sa vie privée. Mais cela faisait peut-être partie de la panoplie de l'ambition. On était dans l'antichambre d'un article de *Paris Match*. Par ailleurs, elle était à l'origine de la plupart des clichés, c'était évident ; son mari affichait parfois un sourire légèrement crispé, tel un prisonnier de la vie artificielle. Sur l'une des photos, on le voyait avec un roman à la main. Amélie lui avait dit que son mari était écrivain, mais il n'avait jamais cherché à en savoir plus. Par curiosité, il fit une recherche pour découvrir que son seul livre, *Le Désespoir des huîtres*, avait visiblement connu un succès discret. Il le commanda au prix de 0,99 € pour un montant total de 4 € avec la livraison. L'acheminement coûtait donc trois fois plus cher que le produit lui-même. La trajectoire littéraire de cet homme se résumait sensiblement à un post Instagram de sa femme. Il est vrai qu'Amélie préférait mettre en avant d'autres de ses qualités. Quand elle évoquait Laurent, elle disait à quel point il s'occupait bien de leurs filles. Elle ne pourrait rien faire sans lui, ajoutait-elle. Mais quelque chose sonnait un peu faux dans cet éloge bon marché. Qu'en était-il de leur vraie vie ? Personnelle, intime, sexuelle même ? Éric imaginait qu'ils devaient faire l'amour régulièrement, des rapports à l'initiative d'Amélie pour pallier l'image inavouable de l'usure. Se jouait la bande-annonce permanente d'un érotisme vaillant, mais dont le film était probablement décevant. Sans doute cette intuition était-elle née de la dernière impression qu'elle lui avait laissée, cette façon de préférer traîner dans un café avec lui plutôt que de rentrer chez elle. Une seule chose lui paraissait certaine : dans quelques jours, elle posterait des photos prises sur les pistes de Val-d'Isère, des photos de la vie heureuse en vacances. Éric commençait à percevoir dans cet incessant étalage du bonheur la promesse d'un précipice.

8

Quand vint le jour de Noël, il faisait bien trop beau dehors pour y croire. Éric songea fugitivement à certains moments de son enfance, une succession d'images dans lesquelles il voyait son père rentrer du travail avec des paquets. Il pouvait recomposer ses souvenirs par le prisme des cadeaux reçus, des pochettes Panini aux Playmobil. C'était peut-être le seul avantage de la mort ; son père demeurerait dans ces images-là, il ne serait jamais associé à celles d'un homme vieillissant. Éric était persuadé qu'il aurait continué à travailler après la retraite ; mais qui pouvait le savoir ? Quant à sa mère, il n'y avait plus aucune surprise. Dominique observait le jour qu'elle venait de vivre pour le calquer à l'identique le lendemain. Il n'y avait plus la moindre variation dans cette monotonie. Certes, la présence de son fils modifiait son humeur. La tension était palpable. Pourtant, Éric faisait des efforts, témoignait à sa mère de l'intérêt, l'interrogeait sur son emploi du temps ou les amis qu'elle fréquentait. Elle voyait bien qu'il tentait de créer des liens, mais elle ne parvenait pas à se laisser ainsi aller à des conversations anodines. En voyant son fils assis devant la télévision, elle avait lâché: «Tu dis toujours que je ne souris jamais, mais toi non plus tu ne souris pas. Franchement, tu es sinistre...» Elle avait prononcé ces mots d'une manière très calme, sans la moindre acrimonie. C'était indéniable, elle avait raison. Éric avait l'air d'un homme enfermé à jamais dans le mois de novembre. Il aurait pu l'admettre mais, à cet instant, cela lui parut au-delà de ses forces. Ces mots, «Franchement, tu es sinistre», produisirent en lui comme un coup d'arrêt. Comme si cette invective pouvait comporter à elle seule la somme des attaques précédentes, le point d'orgue du rabaissement permanent. Soudain, il ne supporta plus d'entendre la litanie des reproches. Il la regarda fixement dans les yeux; il aurait voulu dire: «Je m'en vais.» Mais même cela, il n'en était plus capable. Il se leva, et se dirigea vers sa chambre. «Aucune obligation morale ne vous impose d'aimer vos parents», se répéta-t-il en jetant ses affaires dans un sac.

Quand sa mère le vit sur le palier, elle tenta tout de même de le retenir:

«Mais tu ne vas pas partir comme ça?

— Je n'ai plus envie de ça.

— Qu'est-ce que j'ai dit?

— Ce que tu m'as dit ou pas, on s'en fout. Je ne peux plus, c'est tout.

— … »

Malgré son emportement, il fut traversé par un éclair de culpabilité. La laisser seule le soir du réveillon de Noël était brutal. Cette hésitation passagère ne changea pas sa décision. Il ajouta simplement : « Ce n'est pas de ma faute, pour papa… » Et il s'engouffra dans l'ascenseur. Dominique resta un instant devant la porte, interdite. Elle connaissait suffisamment son fils pour savoir qu'il ne reviendrait pas. Elle finit par aller à la cuisine, et jeter tout le repas à la poubelle. Ils ne se reverraient que bien plus tard, dans d'étranges circonstances.

9

Une fois sorti, Éric éprouva un immense soulagement. Pourquoi s'était-il infligé cette visite en tête à tête avec sa mère ? Voilà des années qu'il aurait dû cesser de la voir. Il s'était libéré avec fracas de cette relation malsaine. Par un enchaînement émotionnel qu'il ne chercha pas à analyser, il voulut parler à son fils. Il devait être plus ou moins midi en Martinique. Ici, la nuit venait de tomber comme subitement. Il composa le numéro, alors qu'il arrivait devant la gare. Isabelle décrocha, lui souhaita un bon réveillon, quelques mots expéditifs avant de prévenir Hugo. Elle avait tout de même pris le temps de préciser que la conversation devrait être rapide car ils s'apprêtaient à déjeuner. Ce sentiment de déranger était récurrent. Hugo venait de sortir de l'eau quand il lança un « Joyeux Noël, papa » plutôt enthousiaste. Mais l'échange tourna vite au monologue : « Oui, c'est génial ici… Marc a loué un bateau… C'était dingue les poissons qu'on a vus ce matin… On va rejoindre les amis de Marc maintenant, ils sont super sympas… Je te laisse… » Éric dut se satisfaire de ces quelques paroles. À ce moment précis de sa vie, il aurait aimé que son fils s'intéresse à lui. Il aurait voulu qu'il lui demande comment il allait, qu'il offre un soupçon de réciprocité à leur échange. Peut-être que plus tard leur relation serait moins à sens unique ; il devait bien y avoir un rééquilibrage à un moment ou à un autre. Il lui fallait attendre avec tranquillité ce temps où ils seraient deux hommes partageant des confidences. Il rangea son téléphone dans son sac et s'assit sur un banc pour attendre le train. La gare était presque vide. Il se sentit libre et sans attaches, dans une forme d'anesthésie au monde. Son train arriva enfin. Un soir de réveillon de Noël, seules quelques personnes étaient présentes dans son wagon ; des regards furent échangés, comme une solitude partagée.

10

Éric ne cessait jamais de travailler. Il profita donc de ces quelques jours pour se reposer, éprouvant même un étrange plaisir à regarder des comédies idiotes en plein cœur de l'après-midi. Le soir du réveillon, il assista au décompte des dernières secondes de l'année devant sa télévision, tout en se disant que l'émission avait dû être enregistrée en novembre. 2020 débuta ainsi, face à TF1, dans le confort de son lit.

Le lendemain matin, il découvrit un mail d'Amélie. Envoyé à 00 h 33. Était-ce possible ? Elle avait ainsi dû fêter la nouvelle année, embrasser tout de monde, boire une coupe de champagne, faire croire qu'elle passait une magnifique soirée, avant de filer discrètement dans sa chambre pour prendre son ordinateur. Certes, il y avait dans le message des vœux de bonne année, mais le sujet central demeurait leur prochain déplacement à Séoul. Éric se mit aussitôt au travail. Il fallait tout connaître d'une entreprise quand on entrait en négociations avec elle. Alors qu'ils allaient rencontrer Lee Bak-yong, le nouveau directeur général de Samsung, il parcourut sur Internet des pages concernant la multinationale. Une référence au passé, à l'historique de la société, était un précieux gage d'attention et de sérieux. Il nota que Samsung signifiait « Trois Étoiles », nom censé évoquer la grandeur, la puissance et le nombre. D'emblée, il y avait eu cette volonté de conquérir le monde. « Un peu comme certains parents choisissent d'appeler leur fils Ulysse », pensa Éric. Cette force de frappe avait peut-être un lien avec le contexte initial de la création de l'entreprise, en pleine occupation japonaise. Assez rapidement, il tomba sur des articles évoquant les conditions de vie difficiles des employés, travaillant jusqu'à douze heures par jour, avec une seule journée de repos par semaine. On ne comptait plus les burn-out, les dépressions, les suicides. Tout comme le Japon, la Corée du Sud valorisait de manière outrancière la réussite et la perfection, ce qui propulsait des milliers d'humains dans la terreur de l'échec. Pourquoi notait-il cela ? Il se doutait bien qu'Amélie n'allait pas évoquer avec Bak-yong le moindre sujet pouvant gêner l'idylle économique. On allait plutôt enchaîner les superlatifs, et rire d'une manière appuyée à tout trait d'humour. Il fallait séduire l'homme d'affaires, le mettre dans des dispositions favorables avant qu'il étudie le dossier français. Samsung avait prévu d'implanter en Europe une usine de fabrication de trottinettes connectées. Une nouvelle génération d'engins guidés par un GPS intégré. L'Allemagne et la Roumanie étaient sur les rangs pour proposer un site au géant sud-coréen ; le travail d'Éric consistait à rendre plus attractif le dossier proposé par la ville de Mulhouse. Les échanges préalables à la visite d'une équipe de Samsung sur les trois sites seraient déterminants. Il fallait mettre en avant les avantages fiscaux, l'emplacement géographique, et jusqu'à la flexibilité des employés. Faire de Mulhouse un paradis de l'implantation d'entreprises. Pendant la rédaction de son dossier, Éric s'autorisait régulièrement des pauses. Il allait boire un verre d'eau, debout dans sa cuisine. Au fond, la décision de Samsung lui importait si peu. Quel était le sens de tout ça ? Il songea que ces trottinettes dernier cri seraient vendues chez Decathlon. Il se raccrocha fugitivement à cette image pour y déceler un semblant de logique dans son parcours.

Le lundi suivant, Éric reprit le chemin de Bercy. Les retrouvailles avec Amélie furent chaleureuses. Elle paraissait en pleine forme, heureuse de reprendre le cours de sa vie professionnelle. Éric n'évoqua finalement pas la photo de classe, malgré ses pensées récurrentes concernant le message « On se reverra ». Il se sentait surtout un peu ridicule à l'idée d'avouer qu'il avait recherché ce vestige du lycée, craignant de passer pour un obsédé du passé. « On en parlera plus tard », se dit-il. Il ne fut pas davantage fait mention du verre pris ensemble avant Noël. Éric avait bien retenu l'essentiel : il devait paraître enthousiaste, savoir accueillir le moindre contrat avec une joie sans mélange. Mais, pour un homme qui n'a plus vraiment l'habitude d'afficher le bonheur sur son visage, ce n'était pas chose aisée. Il lui arrivait parfois de déclencher un sourire à un moment peu opportun, comme quelqu'un qui ne maîtriserait pas tout à fait un véhicule fraîchement acheté.

11

Les journées s'enchaînèrent rapidement jusqu'au moment du départ. Ils se trouvaient à présent à huit mille mètres d'altitude, à bord d'un vol Air France en direction de Séoul. De peur de s'endormir ou d'être moins vif, Éric n'avait pas osé prendre un cachet pour se détendre. Il savait qu'Amélie allait mettre à profit une grande partie des douze heures de vol pour peaufiner la préparation des rendez-vous. Elle n'allait évidemment pas se distraire en visionnant un film. Heureusement, le repas fut servi assez rapidement. Éric était affamé ; il surmontait l'inconfort des voyages en avion en se laissant aller à un appétit démesuré. Amélie ne mangea que son entrée. Pendant qu'elle parlait, le regard d'Éric demeurait focalisé sur son plat non entamé. Il aurait voulu s'en emparer. Ils se connaissaient, comme elle le disait, depuis si longtemps… mais il faut un certain degré d'intimité pour pouvoir finir le plateau de quelqu'un.

« J'espère que ça va bien se passer avec Bak-yong, dit-elle.

— Ça va aller.

— J'aurais peut-être dû essayer une trottinette avant de venir. Histoire de savoir de quoi je parle.

— Tu as déjà fait du roller ?

— Oui.

— C'est pareil.

— Je ne sais pas pourquoi je suis aussi stressée, il n'y a pas de raison. On a fait le maximum. Ton dossier est parfait. Même moi, en le lisant, j'avais presque envie d'emménager à Mulhouse… », fit-elle, ponctuant cette sortie d'un petit rire sec.

Éric fixait toujours son repas. Pourquoi ne lui proposait-elle pas ce qu'elle ne mangeait pas ? Elle évoquait l'enjeu de la mission, délaissant progressivement tout semblant de conversation pour glisser dans le monologue. Elle finit par dire tout bas :

« Tu sais, si on fait du bon travail en amont, il est possible qu'Emmanuel vienne.

— Ça serait effectivement formidable, répondit Éric tout en regardant à regret l'hôtesse débarrasser le dîner.

— Mais bon, tu sais bien qu'il est imprévisible… »

Amélie avait cette façon de parler du président comme si elle était l'une de ses intimes. Pourtant, elle avait dû le voir trois ou quatre fois, pas plus. C'était peut-être lié à Macron lui-même. On disait qu'il vous regardait droit dans les yeux, avec cette intensité qui vous persuadait que vous aviez une place prédominante dans son entourage. Il avait la capacité de créer des relations aussi intenses qu'éphémères, relations qu'il alimentait de petites tapes amicales, de SMS ici ou là, et bien sûr il vous tutoyait d'emblée. Ainsi, ce n'était peut-être pas entièrement par vanité qu'Amélie se sentait en position d'appeler le président par son prénom. Elle enchaîna :

« Dès qu'on arrive, on va à l'hôtel, on pose nos affaires, une douche rapide et on se retrouve dans le hall.

— Très bien.

— C'est mieux de ne pas dormir en arrivant, sinon on va être déphasés… »

On aurait dit qu'elle pouvait paramétrer son corps comme un programme informatique. Ils allaient atterrir au petit matin, heure locale, et donc enchaîner avec une nouvelle journée, sans avoir dormi. Éric devait impérativement se reposer un peu avant l'arrivée. Il rêvait d'incliner son fauteuil ; après tout, ils voyageaient en classe affaires. Mais elle sortit de sa sacoche ses dernières notes ; chaque minute devait être rentabilisée. Ils allumèrent la lumière au-dessus de leurs sièges et parcoururent les fiches sur les entrepreneurs qu'ils allaient rencontrer.

Éric tournait discrètement la tête pour regarder les films choisis par les passagers autour de lui ; plutôt des films d'action ou des comédies ; on alternait entre James Bond et Dany Boon. En tout cas, personne ne lisait. Quand on met un écran à notre disposition, le choix est vite fait. Amélie continuait de disserter, alternant des indications destinées à son collaborateur et les moments où elle se parlait à elle-même. Éric écoutait d'une oreille, se laissant happer par la course de Daniel Craig sur un écran voisin. C'est alors que des turbulences commencèrent à se faire sentir, très rapidement confirmées par le commandant de bord. Tout le monde rattacha sa ceinture. Jusqu'alors le vol avait été calme, et Éric avait réussi à maîtriser son appréhension. Mais, à la moindre secousse, son corps se raidissait. Habituellement, il s'agrippait d'une manière peu rationnelle au siège de devant ou à l'accoudoir. Deux gestes inopportuns en présence d'Amélie. Chaque fois qu'ils voyageaient ensemble, c'était la même chose. Il ne voulait surtout pas qu'elle devine sa peur. C'était absurde ; elle ne l'aurait certainement pas jugé. Éric ne parvenait plus à se concentrer sur ce qu'elle disait. Il repassait dans sa tête les phrases toutes faites : l'avion est le moyen de transport le plus sûr, il n'y a pratiquement jamais d'accident quand on est dans le ciel… Mais rien à faire, au plus petit trou d'air, son cœur se mettait à battre comme s'il voulait s'échapper de son corps. Il se sentait si mal qu'il aurait pu mourir pour abréger ces minutes atroces.

« Ça va ? finit par demander Amélie face au visage livide d'Éric.

— Oui…

— Ça tangue pas mal… »

Les membres de l'équipage durent aller s'asseoir à leur tour, ce qui n'était pas bon signe. Habituellement, quand le service continuait malgré les mouvements de l'engin, c'était une preuve tangible qu'on ne courait aucun danger réel. Pourquoi le pilote ne s'exprimait-il plus ? Pourquoi ne donnait-il pas une estimation de la durée des turbulences ? Pour se rassurer, Éric scrutait l'attitude des autres passagers. Personne ne semblait angoissé. Cette injustice le déprimait. Qui étaient ces hommes et ces femmes heureux dans l'exercice de la fatalité ? Assurés dans le royaume de l'incertain. Il ne savait pas si c'était de l'inconscience ou une sorte d'héroïsme de la vie fragile. Il pensa à son fils, rêvant de le voir immédiatement. S'il sortait vivant de ce voyage, alors tout allait être différent. En premier lieu, il interdirait les Noëls loin de lui. Il imagina tout ce qu'il ferait avec Hugo, peut-être même irait-il un jour avec lui à Séoul. Non, il s'en foutait complètement de la Corée. Pourquoi avoir accepté ce travail ? Il regrettait amèrement de ne pas être resté chez Decathlon ; au moins, là-bas, les déplacements se faisaient en train. Il aurait sillonné l'Alsace au lieu de l'Asie. Cette dérive mentale fut brusquement coupée par une annonce de l'hôtesse : « Monsieur, restez assis ! » Un passager décontracté avait dû mépriser les consignes en se levant comme si de rien n'était. Le ton sec de l'injonction prouvait la réalité du danger. Même Amélie, habituellement si calme, commença à trouver que l'engin bougeait beaucoup. On ne voyait rien au-dehors, le noir était complet, peut-être que l'avion perdait de l'altitude, c'était comme ça que le vol Air France entre Rio et Paris s'était écrasé, sans que personne ne se rende compte de la chute. Il ne leur restait peut-être que quelques minutes à vivre.

L'avion se stabilisa enfin, ce qui procura à Éric une sensation proche de l'orgasme. Il eut le sentiment de revivre. Le reste du voyage se déroula sans encombre. Naturellement, Amélie repartit de plus belle sur le dossier principal. L'implantation d'une usine Samsung en France pourrait créer des milliers d'emplois. Il y avait une exaltation à imaginer l'impact de leur travail, toutes ces vies qui pourraient être modifiées s'ils se montraient suffisamment convaincants. Finalement, elle proposa qu'ils prennent un peu de repos. Éric parvint à s'assoupir une heure, mais se réveilla avec l'impression d'être encore plus fatigué. Après l'atterrissage, ils passèrent rapidement la douane avec leurs passeports diplomatiques. À cette heure matinale, on circulait encore bien à Séoul. L'atmosphère était aussi moite qu'on le disait ; il arriva en sueur au Ramada, leur hôtel. Une fois dans sa chambre, il consulta son téléphone. Il avait une demi-heure devant lui. Certes, on était en pleine nuit en France, mais il aurait été heureux d'avoir reçu un message de son fils. Finalement, c'est lui qui le rédigea : « Bonjour mon chéri, je suis bien arrivé à Séoul. C'est déjà le matin ici… » Il aurait voulu ajouter « Tu vas me manquer » mais c'était absurde ; il le voyait si peu en France. Pourquoi lui manquerait-il davantage à l'étranger ? Il signa simplement : « Papa. » Il fonça sous une douche dont il mit deux minutes à comprendre le fonctionnement. Il y avait dans la modernité comme une volonté inconsciente de vous compliquer l'existence. Enfin, l'eau coula sur son visage ; c'était la première fois de sa vie qu'il était à Séoul ; il espérait tout de même avoir un peu de temps libre pour visiter la ville.

12

Bak-yong était un homme très élégant, ponctuant son attitude générale de gestes délicats. Entouré de son équipe, il accueillit avec beaucoup de chaleur les deux Français. Pour leur éviter à tous de devoir communiquer en anglais, un interprète assistait à la rencontre. On se souriait les uns aux autres de manière excessive, dans cette dictature du devoir paraître enthousiaste. Avant toute chose, on évoqua la France, et Paris en particulier. Bak-yong y avait fait avec sa femme un séjour merveilleux qui remontait déjà à plusieurs années. « Mulhouse n'est qu'à deux heures de Paris », dit Amélie avec malice, pour revenir au sujet principal. C'était bien gentil les souvenirs romantiques, mais il ne fallait pas oublier pourquoi on était là. L'homme assis à côté du chef d'entreprise, sûrement son plus proche collaborateur, reprit : « Enfin, il faut plutôt trois heures… » Il avait visiblement déjà analysé le dossier. Amélie, avec son sens de la repartie, admit : « Ah oui, c'est vrai. Mais le temps passe si vite quand on regarde les paysages français… » Une réponse qui suscita quelques rires, y compris celui de Bak-yong; la réunion ne pouvait pas mieux commencer. Il était clairement le grand patron, celui qui décidait de la tonalité du moment, véritable chef d'orchestre de l'ambiance. Éric l'avait d'emblée trouvé difficile à décrypter. On le sentait changeant, capable d'alterner des moments de chaleur et des instants où il paraissait subitement en retrait. C'était peut-être simplement lié au pouvoir qui était le sien. Tout puissant est intrinsèquement pourvu d'une personnalité mystérieuse. En habituée, Amélie savait que ce genre de réunion préparatoire reposait en grande partie sur ce qu'elle définissait comme l'«impact de la première impression». Elle produisit son petit effet en sortant un mot de son sac: «C'est une lettre du Président. Pour vous remercier de l'attention que vous prêtez à notre site.» Le traducteur s'empara de la missive, et chuchota à l'oreille de Bak-yong. Ce dernier finit par saluer Amélie. Elle avait marqué un point très important, mais tentait de maîtriser son excitation. Le chemin serait encore long. Il était temps pour Éric d'entrer en action. Amélie en rajouta un peu en présentant son collaborateur. À l'écouter, il était le grand responsable de la réussite de Decathlon, mais avait préféré démissionner pour rejoindre un gouvernement auquel il croyait. Il ne broncha pas à l'évocation de cette révision de son parcours. Ce n'était pas la première fois qu'elle sortait ce type de laïus mythomaniaque. Tout était permis pour atteindre l'objectif. Depuis le début de la réunion, Éric avait eu la sensation d'assister à un match de tennis, sans pouvoir suivre la balle. Pourtant, il avait parfaitement préparé ce moment, déterminant exactement ce qu'il devait dire et dans quel ordre il allait agencer les étapes de la présentation. Amélie le fixa intensément; elle attendait tout de lui, maintenant.

Les choses ne se passèrent pas comme prévu. Au moment même où chacun tourna la tête vers lui, une forte chaleur se propagea à l'intérieur de son corps. Il se sentit cotonneux, comme désincarné. Il était censé se lever, et lancer la projection sur son ordinateur. Ça lui était devenu impossible. Son cerveau n'était plus aux commandes. Il perçut le regard anxieux d'Amélie ; s'inquiétait-elle pour lui ou pour la tenue de la réunion ? Elle bougea les lèvres, mais il n'entendit rien. Quand il voulut répondre, aucun son ne sortit des siennes. Il vit alors le traducteur s'avancer vers lui, pour lui prendre le bras, sembla-t-il. Et ce fut tout.

13

Quand Éric rouvrit les yeux, il était allongé sur la moquette. Une jeune femme lui tendait un verre d'eau. Tout le monde le regardait avec beaucoup d'inquiétude. Il balbutia des excuses. Amélie s'approcha de lui, rassurée : « Tu nous as fait une de ces peurs... » Alors qu'il se relevait, il pensa qu'il venait de gâcher ce moment si important. Pourtant, Bak-yong fut très aimable et demanda qu'on appelle un taxi pour les raccompagner à l'hôtel. Éric voulut dire qu'il allait mieux, et que la présentation pouvait avoir lieu :

« Non, vous devez vous reposer, dit l'homme d'affaires en anglais.

— Je suis vraiment désolé. C'est la première fois que ça m'arrive. Sûrement le décalage, la fatigue...

— Je vais envoyer un médecin à votre hôtel. Et pour la

réunion, pas d'inquiétude, je vais m'arranger pour qu'on puisse trouver un moment demain... »

Bak-yong leur serra alors la main et quitta le bureau. Bien sûr, un malaise pouvait arriver à n'importe qui, mais Amélie ne put s'empêcher de penser que cela renvoyait une terrible impression. En extrapolant, cela offrait l'image d'une France fragile et peu favorable aux investissements. Elle chassa vite cette idée excessive, pour laisser place à la bienveillance et se montrer rassurante :

« Je vais appeler Paris. On va repousser tous nos rendez-vous d'aujourd'hui, et s'arranger pour rester une journée supplémentaire ici. Ça va aller...

— J'ai tout fait rater.

— Mais non. C'est de ma faute. J'ai présumé de nos forces.

— ...

— C'est vrai que tu n'es plus tout jeune... », ajouta-t-elle pour tenter de lui arracher un sourire, sans succès. Son visage restait crispé, comme figé dans le spasme initial de son évanouissement. S'il pouvait marcher, il se sentait encore dans un état cotonneux, la tête si chaude. À l'hôtel, il s'allongea immédiatement sur son lit. En observant son collègue, Amélie était à la fois touchée et effrayée. Elle le trouvait complètement démuni. Et, par ricochet, elle l'était aussi. Elle savait qu'elle ne pouvait pas faire la présentation seule. C'est lui qui avait tout préparé depuis des semaines, qui connaissait chaque détail du dossier. Elle en maîtrisait les grandes lignes bien sûr, et avait piloté deux réunions avec les responsables de la région Grand-Est, mais pour faire venir Bak-yong à Mulhouse, cela ne suffirait pas. L'Allemagne et la Roumanie étaient deux concurrents plus que sérieux.

Elle apporta un verre d'eau à Éric, qu'il but aussitôt. « Tu ne veux pas prendre une douche fraîche ? » proposa-t-elle. Il dit que oui, cela serait une bonne idée, mais plus tard. Pour le moment, il devait attendre le médecin. Amélie annonça qu'elle resterait avec lui jusqu'à son arrivée. Hors de question de le laisser seul dans cet état. Éric se sentait gêné de sa présence ; ils n'étaient pas assez intimes pour qu'il puisse ainsi s'abandonner, malade, face à elle. Pourtant, elle continuait de s'efforcer de le mettre à l'aise, lui montrant que leur duo se devait d'être solidaire, et il en était touché. Assise sur le rebord du lit, elle lui adressa un sourire ; il la trouva belle ; depuis des mois, il ne s'était pas vraiment demandé ce qu'il pensait d'elle physiquement ; ils travaillaient ensemble, dans cette énergie qui finit par gommer toute possibilité de séduction. La situation improbable offrait au moment des pensées inédites. Ils étaient là tous deux, dans un hôtel à Séoul, se connaissant si bien et si peu à la fois, loin de tout, de leur vie et de leurs enfants, perdus dans un espace sans repères. Amélie commença à sentir la fatigue s'abattre sur elle. Elle s'allongea auprès de lui. On aurait dit deux amants épuisés par un excès d'amour.

14

On frappa à la porte. Amélie se releva rapidement pour aller ouvrir. Un homme plutôt âgé fit son entrée. Sans prononcer un mot, le médecin se dirigea vers la salle de bains pour se laver les mains, avant de revenir vers le patient.

« Éric, je te laisse, dit Amélie. N'hésite pas à m'appeler

quand tu veux. Je pense que tu vas dormir. On peut se retrouver en fin de journée pour aller manger quelque chose...

— D'accord. Merci pour tout. Et encore pardon... »

Elle quitta la pièce. Une fois dans le couloir, elle dut se concentrer pour se souvenir du numéro de sa chambre. Peut-être pouvait-elle profiter de cette matinée subitement libre pour aller se promener, visiter un parc ou un musée ? Il était rare qu'elle ait ainsi le temps de découvrir une ville au cours de ses déplacements professionnels. Pourtant, une fois dans sa chambre, elle s'effondra sur le lit. Elle se réveilla plusieurs fois, mettant systématiquement quelques secondes avant de comprendre où elle était, puis se rendormant. Au milieu de ces heures agitées, elle fit un rêve étrange. Elle arrivait au bureau, à Bercy, toute nue. Chacun la scrutait, mais rien à faire, impossible de s'enfuir, ou de trouver le moindre vêtement. Elle devait animer toute une réunion ainsi. Personne n'osait rien lui dire, mais elle sentait les regards de tous sur son corps. Malgré la gêne qui la rongeait, elle dirigeait les échanges sans vaciller. Une fois la réunion passée, elle se réfugia dans son bureau, honteuse et humiliée, jusqu'au moment où un bruit la réveilla. Dans un soupir de soulagement, Amélie se dirigea vers la salle de bains de son hôtel pour prendre une douche, sans chercher à analyser la symbolique d'un tel cauchemar.

15

Le médecin avait pris la tension d'Éric, puis sa température, sans prononcer le moindre mot. Il semblait penser à autre chose, mais à quoi ? Était-ce même en rapport avec l'état de santé du patient assis devant lui ? Il avait fini par demander, dans un anglais parfait : « Allez-vous bien en ce moment ? » La question avait de quoi surprendre. Le malaise était sûrement le résultat du surmenage, de la chaleur, du stress de l'enjeu professionnel peut-être. Pourquoi chercher une autre raison ? Éric se vit dans l'incapacité de répondre simplement : « Oui, ça va... » Il pensa furtivement à quelques moments récents, revivant entre autres la façon dont il avait abandonné sa mère à Noël. Le médecin avait dû poser sa question depuis plus d'une minute déjà, et Éric n'avait toujours pas répondu. De toute façon, il n'avait aucune envie de parler. Il voulait juste dormir, dormir encore, et récupérer. Il finit par faire un petit signe de la main, comme quoi oui oui, tout allait bien. Le médecin ne prescrivit aucun médicament. Ce serait inutile, expliqua-t-il. En refermant sa sacoche, il évoqua un petit malaise vagal, rien de très méchant. Pourtant, il sembla à Éric percevoir autre chose dans son regard. Un second discours caché dans ses iris. Une réelle gêne. Oui, à n'en pas douter, le médecin était pensif. Éric finit par lui demander : « Vous semblez inquiet... Êtes-vous sûr que tout va bien ? » L'homme fit oui de la tête, en esquissant un léger rictus qu'il voulait rassurant. Un sourire à l'évidence factice. Il quitta la chambre, précisant que M. Bak-yong s'occupait de régler la consultation. Éric demeura seul avec un sentiment désagréable, mais finit par s'endormir. Son sommeil fut agité, il se réveilla plusieurs fois pour boire. Lors de ses sursauts de conscience, il revoyait l'expression du docteur. Il avait maintenant une certitude : cet homme avait vu quelque chose de grave qu'il avait préféré taire.

16

Éric se leva en milieu d'après-midi, se sentant nettement mieux. En consultant son téléphone, il constata que son fils lui avait répondu. Enfin, « répondu » était un bien grand mot. Hugo lui avait envoyé un émoji, un pouce jaune levé. De plus en plus souvent, il recevait ce genre de messages qui évitaient les mots et les phrases[1]. Éric devait s'en satisfaire, c'était un signe tout de même. Il lut ensuite les messages envoyés par Amélie. Si les premiers étaient compassionnels (elle prenait de ses nouvelles), elle finissait par annoncer l'essentiel : « C'est bon. On a un nouveau rendez-vous avec Bak-yong, demain à 15 heures. » Il répondit par l'émoji du pouce jaune levé.

Ils se retrouvèrent en début de soirée. À la réception du Ramada, ils demandèrent qu'on leur indique un endroit agréable où dîner dans le coin. À suivre les recommandations de la jeune femme face à eux, ils pouvaient manger indien, ouzbek ou mongol. Amélie rétorqua :

« On préférerait découvrir la nourriture coréenne…

— Oui, bien sûr. Vous avez raison. Il y a un bon restaurant, un peu plus loin vers la gauche, sur le même trottoir. »

En cette fin de journée, l'atmosphère était encore plus moite qu'au matin. On errait incontestablement dans la province de la transpiration. Ils finirent par trouver le lieu recommandé. Dès l'entrée, ils furent soulagés de constater la présence d'un grand ventilateur, certes bruyant (la bande-son du pays). Ils furent accueillis par un homme mutique qui les installa dans

1. Il avait fallu des siècles d'évolution pour retourner ainsi aux hiéroglyphes.

un coin. Éric pensa au médecin qu'il avait vu le matin. Ces deux-là appartenaient à la famille de l'économie verbale. Tout juste était-il fugitivement revenu poser le menu en anglais sur la table. Avec la proximité de nombreux hôtels internationaux, la clientèle devait être essentiellement étrangère. Pour l'instant, ce n'était qu'une supposition, car ils étaient seuls. Le serveur revint leur proposer un alcool de bienvenue qu'il semblait peu poli de refuser. Amélie fit remarquer à Éric qu'il n'était pas obligé de boire, après son malaise matinal. Au contraire, il avait terriblement besoin d'un remontant. L'alcool, extrêmement fort, avait un mérite : équilibrer la température du corps avec celle de l'extérieur. C'est d'ailleurs l'une des raisons pour lesquelles les Coréens mangent aussi épicé. Les voyageurs allaient s'en rendre compte en optant pour le plat traditionnel recommandé par le serveur, le kimchi, du chou mariné au piment. C'était la première fois qu'ils dînaient tous les deux ainsi, en tête à tête. Habituellement, ils se retrouvaient plutôt à des cocktails organisés par l'ambassade ou les chefs d'entreprise locaux. Amélie était rassurée d'avoir pu obtenir ce nouveau rendez-vous avec Samsung. Au bout du compte, pensait-elle avec une pointe de cynisme, la chute de tension de son collaborateur jouerait peut-être en leur faveur. Le rendez-vous était sorti des sentiers battus habituels pour prendre une teinte plus intime. « Bak-yong n'est pas près de nous oublier », finit-elle par remarquer.

Le kimchi est un piment cru que l'on enrobe dans un chou comme pour cacher l'incendie buccal à venir. Ils s'excusèrent auprès du serveur, qui fit mine d'être surpris alors que la plupart des touristes ne finissent pas ce plat. C'était son petit jeu personnel, cela le faisait probablement rire dans sa cuisine à l'atmosphère de sauna. Il conseilla alors une soupe de nouilles, pas du tout épicée, précisa-t-il. Mais cet homme n'était plus crédible sur le terrain de l'objectivité culinaire. Quelques minutes plus tard deux bols fumants furent déposés sur la table. Ils soufflèrent simultanément sur le bouillon, avant de découvrir dès la première cuillerée que ce breuvage leur mettait à nouveau du feu en bouche. Tout ici était combat contre l'épice.

Le restaurant s'était progressivement rempli, essentiellement de couples. Tout près d'eux, un homme et une femme, d'une cinquantaine d'années environ, se tenaient la main sans discontinuité. Tous deux portaient une alliance, cela sentait le second mariage, une histoire assez récente, sûrement s'appelaient-ils Bob et Carla.

« On a rarement le temps de visiter les villes dans lesquelles on se trouve, dit Amélie. Pour moi, Séoul, ça sera ce restaurant.

— Demain matin, on peut se promener.

— Avec le décalage, on risque d'être épuisés. Et puis, je préfère que tu te reposes, que tu ne me refasses pas le coup du malaise, dit-elle en souriant.

— Je vais essayer, mais je ne garantis rien.

— Très drôle.

— On peut marcher un peu ce soir, alors… »

L'idée de cette errance nocturne parut plaisante. Il était à peine 21 heures. Le lendemain paraissait encore plus loin que d'habitude. Le serveur apporta l'addition, au moment même où Bob s'approcha de Carla pour l'embrasser langoureusement. Amélie et Éric se sentirent comme happés par l'intensité de ce baiser.

17

Une fois dehors, ils décidèrent de longer l'avenue, et se retrouvèrent devant le SeMA, le Seoul Museum of Art. Malgré la tombée de la nuit, la chaleur ne relâchait pas son emprise. L'atmosphère était particulièrement lourde, le ciel noir et si proche. N'importe qui aurait pu prévoir l'orage qui s'abattit subitement, pas eux. Ils se mirent à courir pour s'abriter. Ils aperçurent au loin une sorte de bar; ils durent laisser passer quelques voitures avant de pouvoir traverser. Éric proposa sa veste à Amélie pour qu'elle puisse se protéger, mais cela ne changerait pas grand-chose. Ils étaient trempés. Enfin, le feu passa au vert, ils coururent vers l'enseigne. Une fois au sec, ils commencèrent à rire. De ce rire nerveux et joyeux des aventures inattendues. Amélie ramena ses cheveux mouillés en arrière et cela lui donna une tout autre apparence.

Ils allèrent s'asseoir sur un canapé en velours, sans même remarquer le charme littéraire et chaleureux du lieu, avec ses nombreuses bibliothèques. Une serveuse, qui avait des mèches vertes dans les cheveux, leur apporta aussitôt un petit verre d'alcool fort pour les réchauffer. Accueillir par un shot était-il une tradition coréenne ? Ils le burent sans se poser de question, et commandèrent un verre de vin. Les fenêtres grandes ouvertes permettaient d'écouter la puissance ravageuse de la pluie (un sentiment d'apocalypse). Dans son obsession du concret, Amélie porta un toast : « À notre contrat avec Samsung ! » Puis elle enchaîna :

« Tu imagines, si Magali nous voyait ?

— C'est qui, Magali ?

— Magali Desmoulins. Celle qui a fait le groupe Facebook des Anciens de Chateaubriand.

— Ah oui.

— C'est grâce à elle, tout de même, si on est là tous les deux. C'est comme ça que j'ai vu ta page, et que j'ai pensé à toi.

— Tu en es sûre ?

— C'est-à-dire ?

— Tu es sûre que tu n'avais pas planifié depuis longtemps l'idée de me revoir ?

— Je ne comprends pas bien... »

Éric sortit alors son téléphone, et chercha la photo pour la montrer à Amélie :

« Voilà ce que tu as écrit : "On se reverra."

— Ah bon... Je ne me souviens pas de ça.

— C'est plutôt étrange, non ? On se connaissait à peine.

— On dirait que tu penses que j'ai attendu toutes ces années pour te retrouver...

— Je n'irais pas jusque-là, mais admets que c'est bizarre... »

Amélie se moqua des extrapolations de son collègue. De son côté, il répéta qu'il trouvait surprenant d'écrire un tel message à une vague connaissance.

« En tout cas, je vois que tu as fait des recherches sur moi. Ça fait plaisir, reprit Amélie.

— Je suis tombé dessus par hasard. À Noël, chez ma mère.

— J'adorerais revoir cette photo de classe. Je ne sais même plus où sont mes affaires, avec tous les déménagements.

— Tu te souviens que tu portais un pull rouge ?

— Oui, ça je m'en souviens, bien sûr. J'avais envie d'attirer le regard… », répondit-elle aussitôt, assumant sans hésitation ce désir de lumière.

Éric avait plaisir à voir Amélie dans cette version d'elle-même plus libérée. Ce qu'ils vivaient en cet instant, un peu perdus dans un ailleurs exotique, lui rappela un film :

« Tu as vu *Lost in Translation,* de Sofia Coppola ?

— Non, malheureusement.

— Tu devrais, c'est très beau. Bill Murray et Scarlett Johansson se retrouvent à Tokyo. C'est la rencontre de deux solitudes dans un environnement dont ils ne comprennent pas les codes.

— Ça m'a l'air déprimant.

— Non, c'est souvent drôle.

— Et ça se termine comment ?

— Il lui dit quelque chose à l'oreille. Mais on ne sait pas quoi.

— On peut tout imaginer, alors.

— Oui, c'est ça. »

La serveuse revint avec les deux verres. Éric jugea que ses mèches n'étaient finalement pas vertes mais bleues. Selon la lumière, les reflets évoluaient. Il y avait une poésie dans cette incessante variation capillaire. Amélie enchaîna en évoquant un de ses films préférés, *Eternal Sunshine of the Spotless Mind.* Ils parlèrent de cette machine capable d'effacer les souvenirs douloureux de l'amour. Un sujet cinématographique qui dériva vers des considérations plus personnelles. Ils évoquèrent d'anciennes histoires sentimentales. Amélie en vint à demander :

« Pourquoi ça s'est fini, avec la mère de ton fils ?

— Elle est partie.

— Ç'a été difficile ?

— Oui, plutôt. Mais tout va bien maintenant. Et moi, est-ce que je peux te poser une question ?

— Bien sûr.

— Quand tu parles de ton mari, tu dis toujours que c'est un père formidable qui s'occupe à merveille des filles. Mais tu ne dis jamais que c'est un mari formidable.

— Je n'avais pas remarqué. Quand on a des enfants, on devient surtout parents, je suppose, répondit-elle sans beaucoup de conviction.

— Peut-être. Mais si ton mari te quittait demain, est-ce que tu serais triste ?

— C'est une étrange question. J'ai du mal à l'imaginer.

— D'accord, mais est-ce que tu serais triste ?

— ... »

Pour la première fois, ils basculaient vers l'intime. C'était finalement assez classique ; il n'est pas rare que les personnes que l'on voit tous les jours soient celles qui nous connaissent le moins. Ils trouvaient agréable de changer de registre. Amélie se laissa aller à murmurer une confidence : « Il y a si longtemps que je ne suis pas partie, comme ça, seule avec mon mari... » Pour le reste, elle ne put répondre. Bien sûr qu'elle aimait Laurent, mais, entre sa carrière et ses filles, elle n'avait pas toujours d'espace pour lui. Elle se posait sans cesse la question de son propre épanouissement. Personne ne savait qu'elle avait eu un amant deux ans auparavant, un député socialiste un peu plus âgé qu'elle. Ils avaient flirté un soir pendant le congrès de La Rochelle, et n'avaient cessé de s'écrire par la suite. Des messages de plus en plus explicites. Amélie avait adoré l'adrénaline de l'interdit. Depuis la naissance de sa seconde fille, elle ne couchait que rarement avec son mari. Et quand ils faisaient l'amour ce n'était plus si agréable que cela. Il s'agissait surtout de pouvoir se dire qu'ils avaient encore une vie érotique. Alors elle avait accepté de rejoindre le député dans sa chambre d'hôtel. Elle avait choisi de la belle lingerie, ils avaient bu du champagne, cela avait été merveilleux. Sentir le corps d'un homme nouveau avait fait d'elle une femme nouvelle. Elle n'avait pas joui, mais toute la rencontre l'avait excitée. Elle y avait pensé sans cesse, et avait attendu avec impatience un deuxième rendez-vous. Pourtant, au bout de quatre ou cinq fois, elle avait eu le sentiment d'avoir fait le tour de la question. Avec une rapidité déconcertante, toute cette aventure lui était apparue vaine. Comme tous les conquérants, elle avait la lassitude facile. Elle mit un terme à cette errance, se racontant que tout cela avait été un amusement éphémère. Amélie se savait désirable, elle pourrait avoir d'autres amants facilement, mais elle comprenait maintenant que cela ne la comblerait pas. Elle avait besoin d'aimer pour s'abandonner.

Amélie évoqua encore un peu son mari ; et Éric son mariage. Ils continuèrent ainsi à parler de leurs histoires, sans la moindre peur d'être gênés le lendemain. Un homme se leva pour danser, attirant leur attention. Avec la pluie battante, ils n'avaient pas entendu la musique diffusée dans le bar. Maintenant que l'orage avait cessé, une nouvelle ambiance sonore prit possession du lieu, à base de standards américains composés par Burt Bacharach. Le premier danseur invita une jeune femme, puis une autre se joignit au duo. Amélie et Éric décidèrent d'aller sur la piste ; même si « piste » était un bien grand mot ; il s'agissait d'un petit espace central où l'on pouvait se déhancher. Ici, il n'y avait pas de touristes. Ils se retrouvèrent au milieu d'autochtones heureux, et esquissèrent les contours d'une danse presque lascive.

18

Ils quittèrent l'établissement deux heures plus tard. Ils n'avaient pas trop bu, pourtant ils ressentaient quelques symptômes de l'ivresse. Dehors, il ne fallait pas lever la tête : les immenses buildings accentuaient le sentiment de vertige. Il est toujours préférable de s'enivrer dans une ville plate. En chemin, Éric s'arrêta pour désigner une caméra accrochée à un lampadaire : « Regarde, il y en a partout dans la ville. Je suis sûr que des policiers vont se demander ce que deux touristes font là, à fixer leur objectif. » Amélie s'exécuta, s'amusant de cette idée. Elle avait tout aimé d'Éric ce soir-là. Elle finit par dire : « C'est un peu comme si on laissait une trace... » Ils restèrent immobiles encore un instant, dans ce désir d'être filmés par une caméra de police, avant de reprendre la route de l'hôtel. Visiblement, ils n'avaient pas envie de se quitter. Ils s'installèrent sur le banc installé devant le Ramada, sûrement prévu pour les fumeurs. Difficile de savoir à ce moment précis ce que l'autre pensait. Peut-être que deux collègues, à l'autre bout du monde, déracinés de leur quotidien, avaient tout pour entamer une romance maladroite. L'un était divorcé, l'autre ne vivait pas toujours dans la sphère de la fidélité du couple. Pour le moment, ils demeuraient pensifs, comme si le fait de s'asseoir sur ce banc avait mis un coup d'arrêt à leur conversation ; les mots aussi s'étaient assis. Pour mettre fin à ce silence, Amélie se leva en pensant qu'Éric suivrait le mouvement ; mais il ne bougea pas.

« Tu ne montes pas ? finit-elle par demander.

— Je crois que je vais rester encore un peu.

— D'accord.

— …

— Je propose qu'on se retrouve demain à 13 heures. On pourra travailler un peu avant le rendez-vous. Ça te va ? demanda Amélie, en reprenant la tonalité habituelle de leurs échanges.

— Oui, très bien.

— Alors bonne nuit.

— Bonne nuit », dit Éric en se levant cette fois-ci. Il posa sa main sur l'épaule d'Amélie d'une manière tendre, et ajouta simplement : « Encore merci pour cette soirée… » Ils restèrent un instant figés l'un face à l'autre, avant de se quitter. Il était préférable de se séparer ici, à l'extérieur de l'hôtel. Instinctivement, Éric voulait éviter la déambulation commune dans les couloirs, et une scène potentiellement gênante devant l'une des deux chambres. La raison avait rattrapé cette fin de soirée, causant une frustration passagère.

19

Une fois seul, Éric se mit à envier les fumeurs. Une cigarette lui aurait donné une contenance. Il aurait pu prendre son téléphone, mais il ne désirait pas renouer avec le réel si abruptement. Aucune envie d'être parasité par des messages. Se laissant happer par ses pensées, il finit par se demander s'il n'avait pas été indélicat avec Amélie en la quittant ainsi. En dehors de sa vie professionnelle, Éric doutait sans cesse de tout ce qu'il faisait. Il se fatiguait d'être en désaccord constant avec lui-même. Il fallait se fier à sa première intuition : il était plus élégant de se séparer devant l'hôtel. Bien sûr, il aurait aimé continuer la soirée avec elle. Il avait été complètement charmé par sa façon d'être, si différente. Elle avait été simple, libre, enjouée. Peut-être aurait-il dû la suivre ? Encore l'une de ces situations sans mode d'emploi. Il finit par chasser de son esprit ses interrogations pour se laisser envahir par la majesté du moment. Quelque chose lui plaisait à Séoul, sans qu'il soit en mesure de définir cette attirance. Mais il avait toujours aimé l'idée que la beauté soit indéfinissable. Il contempla encore un moment la nuit, et le passage des touristes qui rentraient se coucher, avant de rejoindre à son tour sa chambre. Il se produisit là un événement étrange. En pénétrant dans sa salle de bains, Éric alluma la lumière et s'avança vers le miroir, soudain terrifié. Cela ne dura qu'une seconde, peut-être moins d'ailleurs, un millième de seconde, mais pendant un instant, son image n'apparut pas dans le miroir. Le temps d'une poussière, son reflet s'était égaré. Peut-être que la fatigue ralentit le temps de connexion entre le cerveau et le regard ? Il y avait forcément une explication rationnelle. Mais la sensation demeurait la même : l'invisibilité était une possibilité.

20

À son habitude, Amélie était parfaitement ponctuelle. Elle se tenait au cœur du hall de l'hôtel, répétant déjà intérieurement les répliques de la rencontre à venir avec Bak-yong. Elle ne montrait pas la moindre trace de fatigue ; pourtant, elle avait eu du mal à s'endormir. Elle avait repensé à sa soirée avec Éric, leur danse et leur errance. Au lieu de traîner sur les réseaux sociaux, comme elle le faisait parfois lors d'insomnies, elle avait plutôt allumé la télévision. Elle s'était laissée happer par toutes sortes de clips improbables. Des groupes se déchaînaient dans des décors aux couleurs acidulées ; certains d'entre eux rêvaient sûrement de s'échapper de cette prison sonore.

Éric n'était pas descendu à l'heure dite, ce qui agaça Amélie. Il s'était sûrement couché tard lui aussi, et peinait à se lever. Ou bien dormait-il encore ? À 13 h 02, Amélie estima qu'il était préférable de lui envoyer un SMS. Elle lui écrivit simplement : « Je t'attends dans le hall. » Quelques secondes lui suffirent pour s'apercevoir qu'Éric était en mode avion, car un seul ✓ s'affichait. La messagerie WhatsApp possédait l'équivalent moderne de l'accusé de réception. Cette fois, plus de doute, il dormait. Après tout, c'était la nuit en France. D'ordinaire, il était ponctuel ; son réveil n'avait pas dû fonctionner. Le mieux était de demander à la réception :

« Bonjour, fit-elle en anglais, j'essaye de joindre mon collègue, mais il doit sûrement dormir. Pouvez-vous appeler sa chambre ? Il s'agit de M. Kherson.

— Bien sûr, dit l'hôtesse en cherchant sur son ordinateur le numéro de la chambre. Tout se passe à votre convenance chez nous ?

— Oui, merci, tout va bien.

— Je suis ravie de l'entendre. »

L'employée composa alors le numéro, ponctuant l'attente

des sonneries successives par de petits sourires. Personne ne décrochait, Amélie commença à s'inquiéter. Ce n'était pas le moment d'ajouter du stress au stress. Éric était pourtant un collaborateur extrêmement fiable. Elle tourna la tête vers l'ascenseur. S'il ne répondait pas, peut-être était-il en train de descendre ? La jeune femme finit par raccrocher. Amélie la remercia, flottant un instant dans l'indécision. Que faire ? Elle regarda à nouveau son téléphone : son message n'avait toujours pas été lu. Elle savait que cela ne servait à rien, mais elle tenta tout de même de lui téléphoner ; évidemment, elle tomba sur la messagerie. Le mieux était peut-être de monter, et de frapper à la porte. S'il dormait profondément, il n'avait pas entendu son alarme. Oui, ça devait être ça. Elle se souvenait qu'il lui avait avoué prendre de temps à autre des somnifères. Éric n'avait probablement pas trouvé le sommeil, et s'était résolu à s'aider au petit matin d'un comprimé. C'était l'hypothèse la plus probable. Elle devait maintenant aller le réveiller, il prendrait une douche rapidement et ils partiraient. En revanche, ils n'auraient plus le temps de relire le dossier une dernière fois comme prévu. Amélie était restée figée devant la réception, perdue dans le dédale de ses réflexions. Elle demanda :

« Pouvez-vous me donner le numéro de la chambre de M. Kherson ? Je vais monter voir...

— Oui, bien sûr. Il est à la 1236.

— Merci », fit Amélie avec un sourire qui ne masquait pas son inquiétude.

21

L'un des ascenseurs entama sa descente vers le rez-de-chaussée, mais s'arrêta au cinquième étage pendant un moment qui parut horriblement long à Amélie. On aurait dit que tous les éléments se liguaient pour faire déraper la journée vers l'anxiété alors que jusqu'ici elle s'était sentie sereine. Quand elle aurait tiré Éric du sommeil, elle lui dirait clairement ce qu'elle pensait. Une famille entière, équipée de nombreuses valises, quitta enfin la cabine. Amélie appuya sur le bouton du douzième étage en espérant que personne n'entraverait le trajet. Là, elle partit à la recherche de la chambre. Évidemment, elle était tout au bout du couloir ; elle marcha vite, résistant à l'envie de courir. Devant la porte, elle frappa aussitôt. Il serait sûrement très gêné, se confondrait en excuses, mais il ne faudrait plus perdre de temps. Mais rien ne se passa. Elle frappa à nouveau. Toujours rien. Elle colla son oreille à la porte, et il lui sembla entendre un bruit. Impossible de discerner ce que c'était, un souffle peut-être. Elle frappa encore, cette fois avec moins de conviction. C'était absurde ; s'il avait été là, il aurait forcément déjà réagi. Alors lui revint en mémoire le malaise de la veille. Ils l'avaient tous deux évacué avec tant de légèreté pendant la soirée ; comment avaient-ils pu être si inconséquents ? Ils étaient sortis, avaient même dansé, alors que quelques heures auparavant le corps d'Éric lui avait envoyé un signal d'alarme éloquent. Amélie fut subitement envahie par une évidence macabre. S'il ne répondait pas, c'est qu'il était mort ; son cœur avait lâché ; un malaise vagal, suivi d'un effort physique, d'un peu d'alcool et sûrement d'un ou deux somnifères, il n'en fallait pas plus. Elle se mit à trembler, déjà rongée par la culpabilité de ne pas avoir été plus raisonnable. Tout était de sa faute.

Une femme de ménage apparut alors. Amélie se précipita, incapable de réfréner la panique qui s'emparait d'elle :

« Bonjour madame. Excusez-moi de vous déranger, mais pourriez-vous ouvrir la chambre de mon collègue, s'il vous plaît ?

— …

— Il ne répond pas, je m'inquiète… »

La femme finit par dire : « No English. » Amélie tenta de se faire comprendre par des signes. Elle désigna la chambre, fit le geste d'ouvrir la porte. Elle mima un homme qui dort. Une scène aussi improbable qu'angoissante. Elle était en train d'essayer d'expliquer à une femme de ménage coréenne qu'Éric ne donnait plus signe de vie. Elle s'apprêtait à la tirer par la main, mais se ravisa en pensant à l'application de traduction de son iPhone. Enfin, les deux femmes s'avancèrent vers la 1236. Une fois la porte ouverte, Amélie constata que la chambre était plongée dans la pénombre. Elle voulut prononcer le prénom de son collègue pour s'annoncer, mais il n'y avait aucune raison pour qu'il réponde cette fois-ci. Elle alluma la lumière pour découvrir qu'Éric n'était pas dans son lit. Était-il dans la salle de bains ? Elle ouvrit doucement la porte, toujours avec la peur de découvrir l'horreur, son corps dans la baignoire. Mais non, absolument rien, pas la moindre présence. Ne sachant que faire ou penser, elle fit machinalement quelques pas dans la chambre, sous le regard de l'employée qui semblait s'assurer qu'elle ne dérobe rien. À cet instant, elle se dit qu'Éric n'était pas rentré dormir ; il avait dû ressortir, et il lui était arrivé quelque chose. Oui, c'était ça, il avait été agressé. Il fallait appeler la police, signaler sa disparition. Mais elle stoppa net ce scénario macabre en découvrant un plateau au sol. Visiblement, il avait pris son petit déjeuner. Elle appela la réception :

« C'est à nouveau Mme Mortiers. Je suis dans la chambre de M. Kherson, qui n'est pas là. Apparemment, il a appelé ce matin le room service. Pouvez-vous vérifier, s'il vous plaît ?

— Un instant, madame. »

La femme de chambre surveillait toujours Amélie. Que lui voulait-elle ? Ce regard commençait à lui peser ; elle regarda sa montre ; déjà 13 h 30. Il lui fallait au moins quarante-cinq minutes pour rejoindre le siège de Samsung. Elle était dans les temps, mais que devait-elle faire ? Attendre des nouvelles d'Éric, ou partir seule ? Enfin, on lui répondit :

« Effectivement, il a commandé son petit déjeuner en chambre à 9 h 30.

— Merci… »

Au moment de sortir, Amélie aperçut le dossier préparé pour la réunion. Toutes les hypothèses tournaient dans sa tête. Il avait forcément prévu de revenir, s'il avait tout laissé ici. On lui avait peut-être volé son portefeuille et son portable. Dans ce cas-là, il la rejoindrait peut-être directement chez Samsung. Il s'arrangerait pour y être, forcément. Éric connaissait l'enjeu mieux que personne. Il avait élaboré la stratégie parfaite depuis des semaines pour convaincre les Coréens. Mais n'aurait-il pas emprunté un téléphone pour la prévenir ?

La femme de chambre désigna sa montre, manifestant son impatience. Amélie quitta les lieux, sans même songer à la remercier, comme abasourdie par la succession des événements. Elle venait d'esquisser une hypothèse positive (la présence d'Éric au rendez-vous) avant de se laisser à nouveau envahir par l'improbabilité de cette possibilité. « Il n'est pas là, il n'est pas là », il n'est pas là, répéta-t-elle trois fois à haute voix, comme si seule cette incantation pouvait la convaincre de la réalité de la situation. Elle rejoignit rapidement sa chambre, pour se passer un peu d'eau sur le visage. C'était pour elle un sentiment quasiment étranger, pourtant elle se mit à avoir peur. Sans être tout à fait capable de définir cette peur. Elle descendit dans le hall, avec le dossier sous le bras. La jeune femme de l'accueil, percevant son inquiétude, se montra particulièrement prévenante. Elle s'imagina qu'ils formaient un couple illégitime (voilà pourquoi ils avaient pris deux chambres distinctes) et qu'ils s'étaient disputés ; l'homme avait déserté. Tant de fois elle avait été témoin de ce type de situations, et notamment avec ces Français aux mœurs débridées. Amélie balbutia :

« Pouvez-vous m'appeler un taxi ?

— Bien sûr, répondit-elle en s'exécutant.

— ...

— Voilà, il arrive dans trois minutes.

— Merci. Je vais vous laisser mon numéro de portable. Si jamais mon collègue appelle ici, ou si vous le voyez revenir, appelez-moi, s'il vous plaît.

— Bien sûr madame. Vous pouvez compter sur moi. »

Amélie sortit de l'hôtel. Ne se sentant pas très bien, elle se dirigea vers le banc pour s'asseoir. Le banc sur lequel ils s'étaient assis, tous les deux, la veille. Ce moment de grâce prenait à présent un goût amer, comme s'il lui fallait payer pour ce bonheur fugace.

22

Une fois installée dans le taxi, Amélie tenta de se ressaisir. Pour se rassurer, elle se disait qu'elle aurait été contactée par la police ou un hôpital si quelque chose de grave était arrivé à Éric. Instinctivement, elle ne le sentait pas en danger. Elle continuait de croire à un problème de réseau ou à la perte de son téléphone, une de ces déconvenues modernes qui transforment le silence en angoisse. Oui, il fallait se dire ça. Être optimiste. Tout irait bien. Elle regardait défiler la ville plongée dans une grisaille éternelle. Aucune magie ne semblait avoir survécu à cette nuit. À nouveau, il se mit à pleuvoir. Une pluie brutale. Les essuie-glaces produisaient un bruit grinçant, proche de la scie. Les voitures, qui étaient déjà coincées dans un embouteillage, ralentirent un peu plus encore, à la limite de l'arrêt complet. Amélie commença à craindre d'être en retard. On aurait dit que, méthodiquement, tous les rouages d'un scénario catastrophe se mettaient en place. Elle était pourtant partie en avance. Elle s'enquit de l'avis du chauffeur, mais il ne parlait pas anglais. Elle utilisa à nouveau l'application de traduction, mais le bruit de la pluie l'empêchait d'entendre. Amélie songea qu'elle pouvait toujours contacter l'équipe de Bak-yong, expliquer l'embouteillage causé par le déluge, mais, après le malaise de la veille, elle estimait avoir épuisé son crédit d'excuses. Adepte de la pensée positive, elle se murmura tout bas : « Allez, tout va bien se passer... » Elle se saisit alors du dossier pour le parcourir encore une fois. Elle n'en connaissait que les grandes lignes, de quoi tenir sept ou huit minutes, pour une présentation qui aurait pu facilement atteindre l'heure. Sans Éric, elle devrait lire de manière scolaire les éléments ; elle ne pourrait pas les incarner, les rendre vivants, puisqu'elle découvrirait de nombreux détails. Pour cette étape des négociations, elle se reposait entièrement sur son collaborateur. Elle allait être une actrice montant sur scène sans connaître son texte. Et si elle se ratait ? Le secrétaire d'État, qui prévoyait une venue prochaine en personne, allait lui demander des comptes. Bak-yong lui ferait un commentaire sur la médiocrité de son équipe. Finalement, la pensée positive ne marchait pas du tout ; en boomerang revenait à son esprit la pire version des heures à venir.

La pluie cessa aussi subitement qu'elle était apparue, et la voiture roula à nouveau. Le chauffeur montra son pouce levé, signe rassurant universel. Ils seraient à l'heure. Amélie voulait encore se raccrocher à la possibilité qu'Éric soit présent. Il serait là dans le hall, à l'attendre. Il lui expliquerait plus tard ses mésaventures. Quoi qu'il lui soit arrivé, seule comptait l'importance du moment. Mais ce fantasme n'allait pas endosser les vêtements du réel. En arrivant enfin au siège de Samsung, elle ne trouva pas trace de son collaborateur. Elle n'imaginait pas qu'il soit monté sans elle. Trop nerveuse pour s'asseoir, elle tourna en rond dans le hall. Un homme vint lui demander si elle avait rendez-vous ; elle répliqua par l'affirmative, expliqua être un peu en avance avant de demander où étaient les toilettes. Face au miroir, elle s'appliqua à se faire des sourires, pour se préparer à se montrer enjouée. « Tout va bien se passer », chuchota-t-elle à nouveau. Elle marcha alors d'un pas déterminé vers l'accueil pour s'annoncer ; on l'accompagna jusqu'au dernier étage de la tour. Dans ce même ascenseur emprunté la veille avec Éric, elle admit que cette seconde chance serait la dernière. Elle fut subitement rattrapée par une évidence : Bak-yong allait lui demander des nouvelles de son collègue. Il allait forcément s'enquérir des raisons de son absence. Elle qui avait toujours un coup d'avance n'avait pas anticipé cela. C'est en passant le dix-huitième étage qu'Amélie trouva ce qu'elle allait dire. Elle raconterait le scénario suivant : ce matin, elle avait trouvé à Éric une petite mine, il allait certes mieux mais on le sentait encore un peu fatigué, alors elle lui avait ordonné de se reposer, la santé avant tout, voilà comment les choses s'étaient passées. Bak-yong la jugerait très humaine, ce qui lui vaudrait forcément quelques points. Elle allait jouer à fond cette carte compassionnelle.

23

Lorsqu'elle serra la main de Bak-yong, son esprit fut pourtant traversé par une tout autre alternative. Elle se retrouva au bord d'avouer : « Je suis très inquiète. Je n'ai aucune nouvelle d'Éric. Pouvez-vous appeler la police ? » Mais agir ainsi, c'était tuer pour la seconde fois la rencontre. Il fallait s'en tenir à la version prévue. Elle en fut immédiatement gratifiée. Bak-yong lui dit à quel point elle avait eu raison de proposer à son collaborateur de rester au repos. « La santé n'est pas un jeu de hasard », dit-il d'une manière un peu énigmatique, avant d'ajouter que son médecin s'était montré rassurant. On put échanger quelques banalités sur le rythme trépidant de la vie moderne, avant d'entrer dans le vif du sujet.

Au moment où tout le monde s'avança vers la table de réunion, le téléphone d'Amélie sonna. Ce n'était évidemment pas le moment de répondre, mais elle pensa aussitôt que cela pouvait être Éric. Un numéro coréen s'était affiché. Peut-être un appel de l'hôtel ? Elle s'excusa auprès de Bak-Yong en expliquant que c'était important, se dirigea vers le fond de la pièce et décrocha :

« Madame Mortiers ? demanda une voix féminine en anglais.

— Oui.

— Je suis à l'accueil du Ramada. Nous nous sommes parlé ce matin.

— Oui. Que se passe-t-il ?

— Je voulais juste vous dire que votre collègue vient de monter dans sa chambre.

— Vous êtes sûre que c'était bien lui ?

— Oui, je me suis occupée de votre check-in à votre arrivée.

— …

— Comme vous sembliez très inquiète de ne pas avoir de ses nouvelles ce matin, je me suis permis…

— Vous avez bien fait. Merci encore », dit Amélie avant de raccrocher.

Elle aurait voulu interroger l'employée, lui demander dans quel état était Éric, mais tout le monde l'attendait. Elle se dirigea aussitôt vers le groupe.

« Tout va bien ? s'impatienta Bak-yong.

— Oui, je suis vraiment désolée d'avoir dû répondre, mais je me doutais qu'il s'agissait d'une très bonne nouvelle nous concernant. Le cabinet du secrétaire d'État vient de me confirmer son prochain déplacement à Séoul. Michèle Lutz, la maire de Mulhouse, et ses équipes seront bien sûr du voyage. J'espère que ce sera alors l'occasion de signer notre accord.

— Ils viennent de vous prévenir à l'instant ? demanda-t-il en trouvant cela peu crédible.

— Oui…

— Comme vous le savez, nous avons de nombreuses propositions pour l'implantation de ce site. L'idée pour nous est d'en sélectionner deux ou trois, et j'enverrai nos équipes sur place.

— Vous ne comptez pas venir ?

— Je ne sais pas encore.

— Si vous choisissez la France, je peux vous assurer que nous ferons de ce voyage un moment inoubliable pour vous et votre épouse », annonça Amélie.

Cette façon d'agir un peu grossière sembla agacer le plus proche collaborateur de Bak-yong. Impassible, il la fixait avec une sorte de hargne contenue. Était-ce pour la déstabiliser ? Il n'avait visiblement pas apprécié la proposition d'organiser un week-end à Versailles pour la délégation coréenne. Pour lui, ces considérations touristiques étaient du vent, une insulte à l'essentiel. Alors qu'Amélie commençait à entrer dans le vif du sujet, il la coupa régulièrement pour demander des précisions sur tel ou tel point. Rapidement, il la coinça sur des questions d'ordre logistique. Elle finit par dire : « On vous enverra tous les détails par mail, bien sûr. » Il enchaîna avec des interrogations sur le volet fiscal du projet. C'était un sujet qu'Amélie ne maîtrisait pas du tout. Jamais dans sa carrière elle ne s'était trouvée dans une position aussi inconfortable. Toute son intelligence ne lui suffisait pas pour inventer ce qu'elle ne savait pas. Même Bak-yong commençait à la trouver peu crédible. Amélie imaginait les Allemands ou les Roumains en train de dérouler les points forts de leurs sites. Bien sûr, tout cela n'était pas décisif. Sa mission consistait à présenter une proposition. Ensuite, ils verraient tous les experts. Mais sa prestation donnait la tonalité ; comme un premier rendez-vous amoureux. Bak-yong regarda sa montre, déclara qu'il devait partir. Il se montra à nouveau très sympathique, et annonça qu'ils allaient analyser le dossier avec beaucoup d'attention. Il conclut par cette phrase souvent considérée comme annonciatrice d'une réponse négative : « On vous tiendra au courant. »

24

Si elle n'avait pas démérité, Amélie sentait bien que la présentation n'avait pas été à la hauteur. Elle se dit qu'elle aurait dû annuler ; il avait été suicidaire de venir sans Éric. Ce sentiment d'échec lui était intolérable. Elle avait gravi tous les échelons de sa vie professionnelle, surmonté les jalousies et les coups bas, mais c'était la première fois qu'elle éprouvait une forme d'humiliation. Elle rêvait de faire marche arrière dans le temps et d'effacer cette réunion qui s'incrusterait comme une tache sur sa dignité. Elle avait un rendez-vous avec une autre société coréenne à 17 h 30, mais elle appela son assistant à Paris pour l'annuler. Elle n'était clairement pas en état. Elle pensa un instant rappeler Bak-yong pour lui demander une nouvelle chance, mais cela risquait d'être considéré comme un aveu d'échec. Elle devait se faire confiance ; sa présentation avait été honnête, et avait eu le mérite de montrer l'enthousiasme de la France.

Dans le taxi du retour, Amélie ruminait sa rage contre Éric. Elle avait essayé de lui téléphoner, mais il n'avait pas répondu.

Toujours ce silence qui la rendait folle. Puisqu'il était évident qu'il n'était pas en danger, aucune explication ne pourrait l'absoudre. Elle s'en voulait terriblement d'avoir passé la soirée avec lui la veille, d'avoir même apprécié sa compagnie. Coincée à nouveau dans les embouteillages, elle n'arrivait pas à contenir son agressivité. Il lui arrivait fugitivement de penser qu'il avait pu se produire quelque chose de grave, et qu'il aurait une excuse à la hauteur. Puis elle se reprenait. Rien ne pouvait justifier son mutisme ; on prévient, on explique, on communique. Personne mieux que lui ne savait l'enjeu de la réunion avec Samsung. Elle songea un instant qu'il avait agi par esprit de vengeance. Il avait peut-être nourri une haine contre elle depuis des mois, et avait attendu le moment propice pour lui nuire le plus possible. À la réflexion, il avait eu un comportement étrange en fin de soirée, quand il avait évité de prendre l'ascenseur avec elle. Avait-il éprouvé une sorte de culpabilité par avance ? Il avait préféré mettre un terme à leur connivence, de peur de ne pas avoir le courage de mettre son plan à exécution le lendemain. Tout cela était absurde. Qu'avait-elle fait ? On lui avait parfois reproché d'être un peu sèche, ou trop directive. Si elle était ferme, elle n'en était pas moins humaine. Son mari lui avait dit un jour que tout tournait autour d'elle. Il la jugeait égocentrique. Mais bon, il avait dit cela sur le ton de la colère, un jour où elle avait oublié un dîner en tête à tête qu'il estimait important. Elle s'était énervée, elle ne pouvait pas penser à tout, tout le temps. Est-ce que cela faisait d'elle un monstre d'égoïsme ? Non, c'était injuste. Personne ne s'était plaint de son comportement. Elle se laissait envahir par une culpabilité qui n'avait pas lieu d'être.

25

Dès son arrivée à l'hôtel, elle se précipita vers la chambre d'Éric. L'employée était toujours là, dans le couloir ; comme si elle vivait à cet étage. Elle lui adressa un léger signe, qui voulait peut-être dire : « Soyez rassurée, votre ami est là… » Amélie frappa à la porte, entendit un bruit difficile à identifier, des pas, oui des pas, et Éric ouvrit la porte. Il avait l'air incroyablement fatigué, comme un homme qui reviendrait d'un voyage de plusieurs années. Cette apparition, à la frontière du lugubre, la décontenança. Elle resta bouche bée dans un premier temps, scrutant la chambre à la recherche d'indices susceptibles de l'aider à comprendre. Elle finit par demander : « Qu'est-ce qui s'est passé ? Où étais-tu ? » À cet instant précis, et seulement à cet instant, Éric sembla prendre conscience de la situation.

« Je suis désolé…

— Tu es désolé…

— Comment ça s'est passé ?

— Tu me demandes comment ça s'est passé ? C'est ça que tu me demandes ? Mais tu te fous de moi ? Je suis passée pour une conne. Voilà ce qui s'est passé ! Et toi, tu peux me dire où tu étais ? J'ai essayé de t'appeler mille fois. Comment as-tu pu me faire ça ?

— … »

Elle avait explosé d'un coup, libérant ce qu'elle retenait depuis plusieurs heures. Éric répéta à nouveau qu'il était désolé, qu'il n'avait pas pu faire autrement. Amélie parvint à se maîtriser ; il ne servait plus à rien de s'énerver. Elle voulait juste comprendre, avoir une explication. Elle reprit :

« Tu ne peux pas juste me dire que tu es désolé. Tu étais où ?

— …

— Que s'est-il passé ? Et donne-moi une excuse valable. Tu as fait un nouveau malaise, et tu ne veux pas me le dire ?

— …

— Parle-moi… »

Éric essaya d'expliquer ce qu'il venait de vivre, mais il n'y parvint pas. Comme cela se produit à l'occasion de certains traumatismes, il lui faudrait une longue digestion pour être en mesure de verbaliser ses émotions. Seuls les mots d'excuse étaient à sa portée, qu'il répétait dans une incantation stérile. Il comprenait parfaitement la réaction d'Amélie, mais cela ne faisait qu'ajouter à son désarroi. Face à un mur, Amélie finit par simplement dire :

« Tu te rends bien compte qu'il s'agit là d'une faute professionnelle ?

— Oui.

— Et les autres rendez-vous prévus ? Que comptes-tu faire ?

— Je suis désolé, je ne vais pas pouvoir continuer.

— Éric, tu ne peux pas me dire ça comme ça… en pleine mission.

— …

— Dis-moi ce qui ne va pas, on en parle… »

À l'évidence, quelque chose n'allait pas. Elle tenta de se radoucir, bien que décontenancée face à un comportement si peu rationnel. Elle ne savait quelle attitude adopter, se montrer furieuse et menacer, ou être simplement à l'écoute. Il ne l'aidait pas, coincé dans le silence et les excuses bredouillées.

Amélie réintégra son domaine de prédilection : le pragmatisme. Elle dit à Éric qu'elle lui laissait quelques heures pour reprendre ses esprits, et lui raconter ce qu'il s'était passé. Elle répéta qu'il ne pouvait pas quitter son poste ainsi, en pleine mission. Il répondit à nouveau qu'il lui était impossible de continuer. La même phrase prononcée avec un calme presque inquiétant. Une intonation sans la moindre aspérité. Amélie comprit qu'il n'y avait plus rien à faire. Elle demeura dépitée face à cet homme qu'elle ne reconnaissait pas. Elle pensa à tous les rendez-vous à venir. Comment ferait-elle ? Elle ne pouvait pas annuler la mission. Elle devait les assurer coûte que coûte. Elle demanderait des synthèses à son équipe de Paris, se priverait de sommeil s'il le fallait. Éric était déjà loin dans son esprit, c'étaient sa propre survie immédiate et celle de sa mission qui comptaient. Amélie ne pouvait pas s'encombrer des errances psychologiques de son collaborateur. Tout juste dit-elle froidement qu'elle allait appeler le bureau de Paris pour demander qu'on le rapatrie. Il fallait qu'il rentre par le premier vol du lendemain, elle ne voulait plus le voir, plus entendre parler de lui. Elle quitta la chambre sans même lui lancer un dernier regard.

26

Amélie réorganisa son emploi du temps avec l'aide de son équipe. Elle prétexta avoir attrapé froid pour annuler sa présence au cocktail où elle était attendue le soir même. Alors que ce n'était pas dans ses habitudes (elle préférait les échanges par écrit), elle appela son mari. Quelques minutes d'une conversation simple pour demander des nouvelles des filles, dire qu'elle avait hâte de rentrer. En raccrochant, il pensa : quelque chose ne va pas. Amélie téléphona ensuite au secrétaire d'État pour lui raconter que tout se passait à merveille. Pendant toute la soirée, plongée dans ses fiches, elle espéra sans vraiment se l'avouer avoir des nouvelles d'Éric ; peut-être allait-il se rendre compte du saccage que son attitude entraînait ? Il tenterait alors d'assumer la mission. Mais rien, pas un mot, pas un signe. Au contraire, l'assistant d'Amélie confirma que son billet avait été changé et qu'il rentrait à Paris au matin. Ça ne pouvait pas se finir ainsi, ce n'était pas possible. Elle décida de retourner le voir, mais resta immobile devant la porte de sa chambre. Elle était toujours tenaillée par l'envie de lui dire qu'elle comprenait, qu'on pouvait tous craquer à un moment ou à un autre, que c'était parfaitement humain au vu de la pression subie ; on avait tous eu le désir, comme ça, subitement, de tout foutre en l'air ; le fantasme de dire un jour : je m'en vais. Mais plus elle y songeait, plus elle voyait dans son comportement un incroyable égoïsme. En agissant comme il le faisait, il ne pensait pas à elle, il la méprisait, même, d'une certaine façon. Elle était devant sa porte, sur le point de frapper, mais elle sentit que c'était sa colère qui allait pénétrer dans la chambre. Elle fit demi-tour et retourna à ses dossiers.

Le lendemain matin, elle s'éveilla plus combative que jamais. Hors de question qu'elle revive ce qu'il s'était passé chez Samsung. Elle consulta son téléphone et les nombreux messages reçus. Elle commanda son petit déjeuner en chambre, le toucha à peine. Elle se prépara, répétant certaines des répliques à distiller au cours de ses rendez-vous. Alors qu'elle traversait le hall pour rejoindre son taxi, la jeune employée à la réception lui adressa un signe. Amélie s'approcha et se vit tendre une petite enveloppe sur laquelle était simplement écrit son prénom. Elle reconnut immédiatement l'écriture d'Éric. Sa première impulsion fut de la jeter sans même l'ouvrir. Ou de la déchirer. Mais elle s'en empara. Et c'est assise à l'arrière du taxi qu'elle l'ouvrit, pour découvrir cette simple phrase : « On se reverra. »

DEUXIÈME PARTIE

1

Éric s'était levé tôt. Le malaise de la veille était une histoire ancienne. Il se sentait en forme, prêt à en découdre avec les équipes de Samsung. Il tira les rideaux pour observer un long moment Séoul, une ville qui semblait ne jamais dormir, une ville ayant sans cesse l'air de fuir (comme si elle avait quelque chose à se reprocher). Éric se laissa émerveiller par le spectacle maussade et pluvieux. Il y avait là une poésie du gris. Comme tous ceux qui souffrent, il avait si souvent rêvé de s'oublier dans un pays étranger, de se perdre dans la première foule inconnue qui s'offrirait à lui. Du douzième étage de l'hôtel, il observait les ruelles et les impasses autour de l'artère principale. Il y avait tant d'endroits où se cacher. Le royaume de l'anonymat lui tendait les bras.

Quelques minutes plus tard, il appela le room service pour commander un petit déjeuner qui arriva avec une rapidité déconcertante. Il but un café assis en tailleur sur son lit, mangea ce qui était proposé, effrayé toutefois par l'éventualité du retour de l'épice ; ici, les pains et les laitages avaient clairement une nature démoniaque. En sortant de la douche, il consulta sa montre : un peu moins de 10 heures. Cela lui laissait du temps avant le rendez-vous. Il voulut envoyer un message à Amélie, mais se ravisa. Si elle avait été éveillée, elle lui aurait déjà écrit. Autant en profiter pour se promener. Une fois dans le hall, il demanda qu'on lui prête un parapluie. L'intensité de l'averse en cours rendrait la balade peu agréable, mais il ne pouvait résister à ce rapide shoot de Séoul. Il partirait au gré du hasard. Au bout d'une centaine de mètres, les pieds mouillés, déjà, il s'abrita à l'entrée d'une bouche de métro. Tout autour de lui, les passants imperturbables avançaient à un rythme effréné[1]. Il était le seul être humain immobile à l'horizon. Il contempla un long moment cette frénésie quotidienne. Personne ne semblait faire attention à lui ; on le contournait. Il pensa un instant à son père qui n'avait pratiquement jamais quitté Rennes, sauf pour aller à la montagne, toujours au même endroit. Qu'aurait-il pensé en voyant son fils ainsi figé ? Plus Éric observait le mouvement autour de lui, plus il ressentait physiquement une sorte de paralysie de son existence. Certains Coréens finirent par le regarder, intrigués par cet étranger qui s'était mis sur pause. Peut-être pensaient-ils qu'il attendait la fin de la pluie, avec un optimisme occidental.

La vérité était tout autre. Cet arrêt prenait à présent une tournure plus métaphysique. Depuis des années, Éric ne cessait de courir, enjambant les jours. Vers la fin de sa période Decathlon, il lui était arrivé de ressentir comme un besoin de

1. Qui avait pu surnommer cet endroit « Pays du matin calme » ?

lenteur. Il avait alors éprouvé une lassitude que son entourage avait associée à un burn-out. Il avait regardé droit dans les yeux la mélancolie, et s'était laissé happer par une force remettant en cause l'intérêt de la moindre action. Quelque chose de cet ordre-là revenait maintenant, et il dut admettre que son malaise de la veille ne relevait sans doute pas de la faiblesse passagère. Il fallait être à l'écoute des manifestations du corps. Pourtant, il avait passé une si douce soirée la veille, et une part de lui n'attendait que de retrouver Amélie. Mais, il le sentait sans la moindre ambiguïté, le spleen revenait. Au fond, cette réunion avec Samsung n'avait aucun intérêt. Il se mentait, il jouait un rôle, rien de ce qu'il vivait n'avait la moindre saveur. Au cœur de cette foule à Séoul, il reconnaissait enfin l'essentiel : il se sentait en décalage avec le reste des humains, et ne trouvait plus la moindre motivation pour enchaîner les jours. Il ne voyait tout simplement plus le sens de ce qui lui apparaissait comme une épuisante comédie.

2

Éric pouvait parcourir à nouveau le récit de sa matinée : le réveil à l'aube, la contemplation de la ville depuis sa chambre, l'appel de l'errance, jusqu'à l'arrêt sous cet abri. Tous ces instants qui l'avaient fait s'arrêter ici précisément. Des milliers d'autres chemins auraient été possibles, mais c'était bien là que le hasard l'avait guidé ; à cet endroit qui allait changer sa vie. De l'autre côté du boulevard, malgré une vision floutée par la pluie, Éric aperçut soudain une enseigne en néons rouges : Happy Life. Il pensa à un centre de massage, ou un salon d'esthétique peut-être. Porté par une subite curiosité, il rompit avec son immobilité pour se diriger vers cette boutique au nom énigmatique de la vie heureuse.

Il se retrouva dans une salle silencieuse, délicatement illuminée par des dizaines de bougies. C'était presque brutal de passer de la rue à cette pièce, du chaos à la douceur. Une femme habillée tout en noir s'approcha pour lui demander, d'abord en coréen puis en anglais, s'il avait rendez-vous. Il expliqua qu'il n'avait aucune idée de ce qui se passait ici, et qu'il avait simplement été attiré par les néons rouges. L'hôtesse annonça qu'elle n'avait malheureusement pas le temps de lui parler pour le moment. Elle lui tendit une brochure en anglais, et désigna un fauteuil où il pourrait s'asseoir pour la lire. N'ayant rien de plus urgent à faire, Éric s'exécuta. Il apprécia cette façon de se laisser guider. C'était l'une des composantes de la mélancolie : l'obéissance docile aux injonctions de la vie. La brochure ne lui parut pas claire, au départ. Y était imprimée la photo d'un cercueil à côté duquel une femme posait en souriant. Était-il tombé dans une secte ? En continuant sa lecture, il finit par comprendre. Quand il s'était renseigné sur Samsung, et sur les mœurs coréennes, il avait lu un article évoquant des cérémonies censées redonner le goût de vivre. Happy Life était l'un de ces centres qui organisent de faux enterrements. C'était un véritable phénomène ici. En approfondissant plus tard le sujet, Éric comprendrait le pourquoi de cet engouement. La Corée du Sud avait, cette année-là, le quatrième taux de suicide le plus élevé au monde. Outre la pression ininterrompue que subissait une partie de la population, on constatait une recrudescence particulière des drames chez les jeunes de dix-huit ans à trente-quatre ans. La peur de l'avenir se faisait de plus en plus oppressante, renforcée par une dangereuse soumission à la réussite, et une humiliation en cas d'échec. Cette société largement fondée sur l'apparence (tant de jeunes femmes se faisaient faire le même visage, dans le souci de ne pas déroger à des canons de beauté standardisés) laissait de côté ceux qui ne parvenaient pas à atteindre ce qui était considéré comme le succès. C'était sur ce terreau fertile que prospérait Happy Life, tentative presque mystique de fournir un antidote au désespoir. Le concept reposait sur une constatation simple : être confronté à la mort pouvait vous permettre de retrouver le goût de la vie.

Éric était totalement immergé dans sa lecture quand l'hôtesse reparut : « Habituellement nous organisons des cérémonies collectives. Et nous préparons en amont le rituel. Mais nous avons développé une formule express, sans rendez-vous préalable. Cela dure en général une heure. Êtes-vous intéressé ? »

3

Le dernier enterrement auquel avait assisté Éric était celui de son père. Il se souvenait de ces minutes tragiques avec une étonnante précision, et revoyait la masse impressionnante des personnes présentes. Son père venait tout juste d'avoir cinquante ans, un âge où la mort fait l'effet d'une injustice. Ses collègues étaient serrés les uns contre les autres, à la fois vaillants et comme fragiles. Il avait senti peser sur lui le regard de chacun, fait d'intense compassion mêlée parfois de gêne.

Sa mère s'était placée de l'autre côté du cercueil, loin de lui, et cela ajoutait à sa douleur. Elle était incapable de surmonter un sentiment ignoble : elle en voulait à son fils. Bien sûr, elle savait que le drame était à mettre sur le dos de la perversité du destin, mais rien à faire, c'était plus fort qu'elle, elle rendrait Éric responsable de la tragédie. Il fallait un coupable à l'insoutenable. Le visage inondé de larmes, Éric perdait à la fois son père et sa mère.

D'instinct, il se réfugia dans ce qu'il savait du passé. Ses parents s'étaient rencontrés le 28 octobre 1974 devant la mairie de Rennes. Pavel Khersonecz[1] travaillait sur la rénovation de l'édifice quand Dominique en était sortie après avoir déposé une demande de passeport. Elle envisageait alors un voyage en Thaïlande qu'elle ne ferait jamais. Il faisait particulièrement froid, ce jour-là. En passant devant l'ouvrier, elle l'avait entendu renifler. Sans trop savoir pourquoi, elle était allée au Prisunic du coin pour lui acheter des mouchoirs. Ce geste anodin avait bouleversé le jeune homme ; il lui avait semblé que personne ne s'était jamais montré aussi adorable avec lui. Leur histoire avait commencé par ce carré de blancheur. Les parents de Dominique, d'une bourgeoisie peu encline à s'émouvoir, n'avaient pas vu d'un très bon œil cette union. Quelques remarques acides avaient suffi. Pavel s'était senti désemparé, mais sa fiancée n'en démordait pas : « Nous n'avons rien perdu, mes parents sont des cons. » À se demander si elle n'avait pas choisi cette caricature du gendre indésirable pour offrir un alibi éclatant à sa rupture familiale.

1. Par goût pour la discrétion, il avait par la suite amputé les trois dernières lettres de son nom polonais.

La jeune fille avait un nouveau monde à présent, un de ces mondes totalitaires qui éradiquent tout ce qui n'a pas un lien avec le cœur qui bat. Ils partirent pour Varsovie à Noël ; elle raffola du froid. Elle y rencontra les deux meilleurs amis de Pavel, deux Polonais inséparables qui avaient pour habitude de parler d'une même voix. Puis les voyages s'espacèrent. Pavel avait construit une famille française, et rien ne le rendait plus fier. Ils auraient rêvé de l'agrandir, mais Dominique avait fait deux fausses couches à la suite, jetant ainsi Éric dans la sphère des enfants uniques. Il leur arrivait parfois de considérer les familles nombreuses avec une pointe de jalousie. De manière inconsciente, malgré une nature plutôt réservée, l'enfant tentait d'occuper l'espace. Son père adorait le sport, il en pratiquait deux. Sa mère aimait lire, il lisait quatre livres à la fois. Dominique était devenue professeure d'histoire-géographie ; elle se plaignait régulièrement d'une jeunesse préférant avoir que savoir. Elle passait des samedis après-midi à vérifier si son fils connaissait toutes les capitales du monde. À tout moment, elle l'interrogeait : « Australie ? », et il répondait aussitôt comme un singe savant : « Canberra ! » Pavel le sortait de là, et l'emmenait jouer au tennis. Chaque week-end, il accompagnait le prodige, s'extasiait devant la moindre de ses performances. Le talent d'Éric avait beau être incontestable, ses parents refusèrent néanmoins de lui faire intégrer un sport-études en sixième. Le tennis devait demeurer une passion, un plaisir, il ne pouvait devenir une ambition professionnelle. Pavel rêvait son fils en avocat, dentiste, chef d'entreprise, ou même ministre, peu importait la profession tant qu'elle susciterait l'admiration du quartier, et accessoirement la sécurité financière. Toute son enfance, Éric avait joué la partition du bon élève sur qui l'on pouvait compter. Sur ses épaules pesait le poids de l'attente paternelle, un mélange de revanche sociale et d'idéal d'intégration. Le jeune garçon portait comme deux avenirs sur le dos. Cela dit, Pavel ne lui mettait pas de pression. Quand il assistait aux matchs de son fils, il l'applaudissait à chaque point gagné tout autant qu'il l'encourageait à chaque point perdu. Personne ne pouvait alors imaginer que le tennis serait à l'origine du drame.

*

Lors du dernier été qu'ils passèrent tous les trois, ils ne dérogèrent pas à leur habitude et partirent camper dans les Vosges. Ils arpentèrent les chemins, se laissant aller à contempler comme pour la première fois ce qu'ils connaissaient déjà. Pavel avait besoin de se ressourcer par la nature ; pendant trois semaines par an, il ne voulait plus voir le moindre bâtiment. Il s'extasiait devant chaque arbre, respirait les fougères. Cela lui rappelait son enfance polonaise, quand il passait ses journées à cueillir des orties pour les soupes de sa grand-mère. Il avait à cœur de transmettre à son fils ce goût de la nature. À la tombée de la nuit, ils regardaient les étoiles, tentant de les relier mentalement les unes aux autres, de façon à faire surgir un mot ou une forme dans l'espace. Éric pouvait presque toucher du bout des doigts le souvenir de ces soirées, tant elles étaient gravées dans sa mémoire. Alors que c'en serait bientôt la fin, son père avait prononcé cette étrange phrase qui aujourd'hui lui semblait comme prémonitoire : « Tu ne crois pas que les étoiles sont des yeux qui nous regardent ? » Il n'avait pas répondu sur le moment, mais il n'avait jamais plus contemplé le ciel de la même manière.

*

Après cette dernière parenthèse céleste, il avait fallu rentrer à Rennes. Au tout début du mois de septembre, avant d'entamer sa deuxième année d'études de commerce, Éric s'était inscrit à un tournoi de tennis. Il fallait jouer deux matchs par jour, et ce jusqu'au dimanche, pour les finalistes. La compétition avait lieu au tennis club de Cesson-Sévigné, une commune toute proche. Comme il avait moins joué ces derniers mois, il avait trouvé le niveau particulièrement élevé. Pourtant, il avait réussi à passer les quatre premiers tours, après des matchs de plus en plus intenses et disputés. Il se retrouvait à présent en quart de finale face à Frédéric Touchard. Éric le connaissait bien, pour l'avoir souvent croisé sur les terrains. Le score du premier set fut extrêmement serré, poussant les joueurs jusqu'au tie-break. Et c'est finalement Éric qui l'emporta par huit points contre six. Le tournoi se disputait en deux manches gagnantes ; il avait ainsi accompli la moitié du chemin. Il se voyait déjà au prochain tour, et en finale peut-être. Si le premier set avait été disputé, le second fut à sens unique. Mais, alors qu'il menait 5-0 et s'apprêtait à servir pour le match, Éric se tordit la cheville en montant à la volée. Une torsion minime (un écart de positionnement du pied d'un centimètre, peut-être moins, quelque chose de ridicule à l'échelle des mouvements du corps) le déséquilibra, et il tomba. Éric comprit immédiatement qu'il ne pourrait pas continuer. La douleur n'était pas insupportable, mais il lui était impossible de poser le pied sur le sol. Il dut donc abandonner. Son adversaire, qui était sur le point de perdre, se sentit terriblement gêné de gagner de cette façon-là ; il irait en demi-finale avec en bouche le goût de l'illégitime.

Les quelques personnes présentes vinrent s'enquérir de l'état d'Éric. Il rassura tout le monde, il y avait plus grave, c'était ainsi. On lui donna une poche de glace qu'il appliqua sur sa cheville pour apaiser la douleur. Il souhaita bonne chance à Frédéric pour la suite de la compétition, faisant bonne figure. Au fond, il était dépité ; ce match était clairement pour lui. Certaines vies semblent ainsi être écrites contre l'avis de leur auteur. Alors qu'il se laissait sombrer dans la déception, il reçut un appel de son père. Il voulait connaître le résultat. Apprenant la blessure, il émit quelques paroles bienveillantes, et proposa de venir chercher son fils en voiture. « Je dois juste finir deux, trois bricoles sur un chantier, et j'arrive… », dit-il avant de raccrocher. Éric apprécia la prévenance de son père, cette façon d'être toujours là pour lui. Cela lui éviterait de prendre le bus, avec cette douleur à la cheville qui s'amplifiait. Il en profita pour aller jeter un œil aux autres rencontres qui se jouaient. Au bout d'un moment, il renonça à s'infliger ce spectacle, et préféra attendre à l'extérieur du club de tennis.

Le temps commençait à lui paraître un peu long. Les uns après les autres, les matchs se terminaient. En quittant le club, les joueurs lui glissaient tous un mot amical, un encouragement bienveillant. Un des participants, qu'il ne connaissait pas, s'offrit de le ramener en voiture. Éric répondit qu'on venait le chercher, tout en se disant qu'il aurait dû dire non à son père. C'était évident : quelqu'un d'autre aurait pu le raccompagner. Mais Pavel s'était immédiatement proposé. Pourtant, il s'était levé à l'aube, comme toujours, et avait déjà une longue journée de travail dernière lui. Cet aller-retour représentait un effort conséquent, surtout en fin d'après-midi, au moment où les embouteillages commençaient à se former autour de la ville. Cela expliquait sûrement le fait qu'il ne soit pas encore là. Ils s'étaient parlé une heure auparavant, et le trajet nécessitait une vingtaine de minutes. Quand on parle de « deux, trois bricoles à faire », même si cela demeure très vague, cela n'excède pas en général la demi-heure. Éric téléphona à son père, tout en sachant qu'il ne décrochait jamais quand il était au volant, surtout par peur de l'infraction. Il demeurait effrayé à l'idée d'avoir des problèmes avec la police. Malgré la naturalisation française, il n'avait jamais réussi à chasser un sentiment de sursis et d'imposture.

Au loin, Éric entendit une ambulance. D'instinct, il pensa : c'est pour mon père. Pourquoi eut-il cette intuition ? Impossible de l'expliquer. Il se leva de son banc pour marcher péniblement vers l'entrée du club. Il voulut appeler sa mère, peut-être savait-elle quelque chose quant à l'heure de départ de Pavel ? Mais il se ravisa. Il guettait l'arrivée de chaque voiture avec une anxiété croissante, se tourmentant à chaque faux espoir. L'angoisse, en se propageant dans son corps, finit par anesthésier la douleur à la cheville. Il ne sentait plus rien, cela faisait au moins trente minutes que son père aurait dû arriver. Il tenta de l'appeler à nouveau, et tomba directement sur la messagerie vocale. Son appel précédent avait abouti à des sonneries, certes dans le vide, certes sans réponse, mais à des sonneries tout de même. Le portable était à présent éteint, ou cassé. Il n'y avait pas de tunnel dans les parages. Peut-être que son père avait jeté un œil à son téléphone lors du premier appel, et que c'était à cet instant précis qu'il avait décidé d'accélérer la cadence. Ou qu'il avait été déconcentré de sa conduite. La conscience d'Éric empruntait déjà les chemins vicieux de la culpabilité.

Éric avait finalement commandé un taxi. On lui avait annoncé : « huit minutes d'attente », et il avait dû appeler le chauffeur après que le délai eut été dépassé. Enfin, une Renault grise se gara devant le club. Il s'installa à l'arrière sans difficulté. À peine un kilomètre plus loin, on ne pouvait plus rouler. « Il y a sûrement eu un accident, et tout le monde veut voir ça…, dit le conducteur. L'embouteillage, c'est de la curiosité. » Éric reconnut aussitôt la voiture de son père. Il sortit du véhicule, mais deux gendarmes l'empêchèrent de passer. Il demanda où était le conducteur. Il venait d'être emporté par les ambulanciers. Comme on le prit pour un badaud, on lui annonça sans ménagement qu'il était mort. Éric tomba à genoux, près du chauffeur qui avait garé son taxi sur le bas-côté. Il fut raccompagné chez lui par la police ; il devait annoncer la nouvelle à sa mère. Dans la voiture de police, il ne put s'empêcher de songer au dernier échange avec son père, et à ce message qui évoquait « deux, trois bricoles à finir ». Comment pouvait-on se quitter sur un tel échange ? Éric voulait se taper la tête contre la vitre. Son père était mort, et c'était par sa faute. Les deux policiers eurent quelques mots de réconfort, mais il n'y avait rien à dire ; le silence paraissait tranchant. Ils le déposèrent en bas de son immeuble, lui proposant de monter avec lui. Il préférait être seul. Quand il posa le pied au sol, sa cheville lui fit à nouveau atrocement mal ; elle avait comme gonflé d'un coup. Il avança en boitant vers le hall, appela l'ascenseur et monta au quatrième étage. Devant la porte de l'appartement, il demeura figé. Il finit par chercher ses clés et ouvrit. Il identifia aussitôt la présence de sa mère dans la cuisine ; elle était probablement en train de préparer le dîner en écoutant la radio. Il reconnut un tube qui passait sans cesse : *Il jouait du piano debout,* de France Gall[1]. Chaque pas qui le rapprochait de sa mère lui demandait un effort terrible. Dans la cuisine, il la vit de dos, et fut presque soulagé de ne pas avoir à affronter tout de suite son visage. Au moment où Éric visualisa avec effroi les trois assiettes posées sur la table, Dominique se retourna d'un coup : « Ah, tu es là… Alors ? Tu as gagné ? »

4

Le hasard avait donc porté les pas d'Éric jusqu'à cette improbable boutique de Séoul. Pourquoi ne pas tenter l'expérience ? La formule express et individuelle ne durait qu'une heure. Au moment de payer, la femme lui expliqua : « La plupart du temps, les cérémonies sont collectives. En s'unissant les uns aux autres, on cultive davantage encore le goût de vivre. Mais certains préfèrent mourir seuls. Cela accentue peut-être le vertige et le désarroi… » Elle enchaîna quelques phrases sur le moment à venir, moment de la plus haute intensité spirituelle, sur un ton étonnamment mécanique. Elle n'aurait pas vendu des assurances différemment. Éric ne voulait pas que ses mots lui dévoilent ce qui l'attendait, il cessa d'écouter ses commentaires. Il pouvait imaginer le bienfait d'être confronté à la finitude. Plusieurs fois, à la fin d'un enterrement, il avait entendu des

1. Quelques mois plus tard, en entendant cette chanson dans un magasin, il éclaterait soudain en sanglots.

gens évoquer une envie de vivre exacerbée par la conscience de la mort. On se répète alors, comme une simple poésie apprise à l'école, qu'il faut profiter de chaque minute de sa vie. On prend de la hauteur, et nos agacements quotidiens nous apparaissent enfin pour ce qu'ils sont : dérisoires. Mais ces prises de conscience ne durent pas, et on se remet vite à râler pour des broutilles, comme animé par une volonté inconsciente de retrouver au plus vite cette énergie imperméable à l'éphémère. Et l'insouciance réapparaît, jusqu'au prochain mort.

Éric n'avait aucune idée du déroulé de la cérémonie. Allait-on l'enfermer dans un cercueil ? Il devait se laisser guider, ne pas trop réfléchir. La femme le conduisit dans une seconde pièce plongée dans la pénombre où flottait une forte odeur d'encens. Avant de le laisser seul, elle lui demanda de retirer ses chaussures, ce qu'il fit docilement. Un homme sans âge se présenta alors :

« Bonjour, je m'appelle Yoon, et je vais être votre accompagnateur pendant tout le voyage.

— Bonjour.

— Votre nom est bien Éric Kherson ?

— Oui.

— L'orthographe est-elle correcte ? demanda-t-il en montrant un morceau de papier.

— Oui, c'est ça.

— Et vous êtes bien né en 1977 ?

— Oui.

— Parfait. Il est important que tout soit correct.

— …

— Comme vous n'aviez pas rendez-vous, j'imagine que vous n'avez pas de photo de vous ?

— Non.
— Ce n'est pas grave. Je vais m'en occuper.
— C'est pour quoi ?
— Pour le cadre mortuaire. Habituellement les gens apportent leur photo préférée. Voir son propre visage sur une tombe est une étape très importante du processus.
— ... »

L'homme augmenta la luminosité de la pièce et sortit d'un petit sac un appareil numérique. Éric demanda juste un instant de réflexion ; il ne savait pas quelle expression choisir. C'était la première fois qu'on le prenait en photo pour une telle occasion. Même si certains organisaient leurs obsèques avec minutie, il semblait improbable de prévoir la *photo de profil* de sa tombe. Devait-il sourire ? Cela rappellerait les bons souvenirs, les instants joyeux, le meilleur de la vie. Mais il y avait quelque chose d'incongru à paraître jovial au-dessus d'un corps en décomposition. Cela dit, certains diffusaient bien des airs entraînants pendant des obsèques. On peut quitter le monde sur du Daft Punk. Pourtant, Éric ne se sentait pas à l'aise avec l'idée de sourire. Paraître grave, alors ? Soudain, il pensa à l'expression « faire une tête d'enterrement ». C'était peut-être le bon moment pour la faire, cette tête. Alors qu'il s'apprêtait à valider une attitude sombre, il se ravisa. Cela faisait ton sur ton, accentuait le caractère grave de ce qui l'était déjà suffisamment. Le mieux était peut-être de laisser l'image d'un homme ayant maîtrisé les aléas de l'existence. Oui, c'était ce qui lui convenait parfaitement, un air paisible, serein, un lac suisse sur son visage. Pourtant c'était mensonger ; il était rongé par tant de regrets. Son ultime errance, ce matin même, ne respirait pas l'apaisement. Il ne partait pas l'esprit calme. Il fallait offrir à l'éternité le reflet de ce qu'il était véritablement. Face à lui, l'homme attendait, sans montrer le moindre signe d'agacement. Il devait être habitué à ces ultimes hésitations. On ne quitte pas la vie comme on part en week-end à Rome. On sentait la bienveillance dans son regard, un souci de ne pas prendre à la légère les émotions que vivaient ces hommes et ces femmes venus ici pour soulager une souffrance, ou tenter de se consoler enfin. C'était exactement ce regard qu'Éric voulait afficher sur sa tombe ; celui de la compassion face à son destin.

Il observa Yoon et se laissa immortaliser par un cliché. Il fallait maintenant passer à l'étape suivante : écrire une courte notice biographique à la troisième personne, et trouver son épitaphe. Le choix de la formule express impliquait qu'il écrive rapidement un texte qui aurait pu lui demander des heures, des jours même. Comment se résumer aussi vite ? Yoon lui expliqua qu'il pouvait s'agir de quelques phrases seulement. On affirme communément qu'on revoit sa vie défiler avant de mourir. Éric pouvait écrire un texte vantant ses qualités humaines, ou ce qu'il avait accompli. Le temps pressait ; il était complexe pour lui de se plonger complètement dans cette tâche, tout en sachant qu'il devrait bientôt retrouver Amélie pour une réunion cruciale. Les enjeux du terrestre parasitaient ce mouvement céleste. Ne voulant pas renoncer à cette expérience qui prenait de plus en plus de sens à ses yeux, il finit par noter quatre mots : « papa », « orphelin », « travail », « culpabilité ». C'est ainsi qu'il parvint à écrire ceci :

Éric Kherson n'a jamais oublié la joie d'être devenu père. Une joie qui a surpassé toutes les autres dans sa vie. Pourtant, il éprouvait le regret de n'avoir pas été assez présent auprès de son fils. Il a aussi eu le bonheur d'avoir des parents merveilleux, et aimants. Il a souffert de ne pas avoir pu retrouver sa mère. Il pouvait être fier de son parcours professionnel, mais son mal-être a souvent fait de lui un être absent au monde.

Il s'arrêta sur cette expression : « Un être absent au monde ». Éric aurait voulu ajouter certains éléments, notamment sur la part joyeuse de sa vie, mais il était pris de court. Ces quelques mots lui avaient fait du bien, pourtant ; il avait été contraint d'aller puiser au fond de lui-même, sans tergiversation. Yoon avait insisté pour qu'il écrive cette notice, tout en sachant que, pour cette cérémonie, elle ne serait pas lue. Il était incapable de la lire en français, et cela n'avait aucun sens de la traduire en anglais. L'essentiel était de l'avoir écrite. Depuis qu'il travaillait chez Happy Life, Yoon avait surtout été confronté à des personnes qui évoquaient leurs regrets. C'était peut-être ce qu'il restait au moment de partir : ce qu'on avait raté. Il y avait une nette domination des manquements sur les réussites. Il demanda à son client de rédiger son épitaphe. Encore une fois, comment écrire en une minute ou deux ce qui resterait à jamais ? La première chose offerte aux yeux des visiteurs d'un cimetière. Même si ces derniers étaient de moins en moins nombreux. Cette tradition qui consistait à vêtir son éternité d'une sentence disparaissait progressivement. Qu'écrire ? Éric n'en avait aucune idée. Même s'il participait à cette cérémonie avec sincérité, son choix ne serait pas définitif. Il pouvait se tromper ; ce n'était qu'un brouillon d'enterrement. Il pensa subitement à une phrase qu'il venait de lire. Elle lui paraissait grandiloquente et dramatique, mais il en aimait la sonorité. Quand il était allé faire un tour dans la cave chez sa mère, il était retombé sur *La Métamorphose,* de Kafka[1]. Lui qui s'était écarté des romans l'avait relu durant le mois de janvier, et avait noté certaines phrases dont celle choisie à présent pour ce qu'elle évoquait : la fin des tourments. Ainsi, il fit l'élection de ces mots :

La tempête qui soufflait de mon passé s'apaisa.

Après avoir utilisé une application de traduction, Yoon fit un petit signe de la tête, comme s'il approuvait ce choix. Il quitta alors la pièce sans rien dire, avec les feuilles sur lesquelles étaient inscrites la notice et l'épitaphe. Éric demeura seul, dans l'antichambre de l'incertain.

5

Yoon revint quelques minutes plus tard avec du linge blanc entre les mains. Il s'agissait d'une combinaison légère que devait porter Éric. Il se dévêtit derrière un paravent et enfila la blouse ; le tissu semblait comme inexistant sur sa peau ; il y avait peu de différence avec la nudité.

« Êtes-vous prêt ? demanda Yoon.

— Oui.

1. Plus tard, il découvrirait cette célèbre phrase de l'auteur : « J'ai passé ma vie à mourir. »

— Alors suivez-moi. »

Ils empruntèrent un long couloir, une traversée sûrement symbolique, pour pénétrer dans une grande salle éclairée aux bougies, remplie de cercueils. Éric avait imaginé une pièce plus intime. À croire que les cérémonies particulières se déroulaient dans le même endroit que les collectives. À vrai dire, la plupart des enterrements avaient lieu en fin d'après-midi, ou en soirée. Les Coréens avaient le choix entre mourir ou chanter dans l'un des innombrables karaokés. Soudain, Éric se demanda ce qu'il faisait là, si toute cette situation n'était pas complètement absurde. Pourtant, il éprouvait déjà les prémices d'un bien-être. Le lieu respirait l'apaisement. Yoon l'observait, le visage grave, accompagnant chacun de ses gestes d'une grâce solennelle. En avançant vers son cercueil, Éric n'avait plus le moindre doute. Il devait traverser cette expérience ; étrangement, il avait la vague impression d'avoir toujours attendu ce moment-là. Cela ressemblait à cette émotion particulière, lorsqu'on se sent immédiatement à sa place dans un lieu que l'on découvre ; ou en connivence parfaite avec une personne qu'on rencontre pour la première fois. Le présent l'envahit entièrement, chassant le passé et l'avenir, pour laisser place à une hégémonie totale du maintenant. La silhouette de Yoon devint fantomatique ; tout juste percevait-on une forme humaine. Éric était seul devant son cercueil, hypnotisé par ce qu'il voyait.

ÉRIC KHERSON
1977-2020

Il examina la photo, dans le cadre. Celle qui venait à peine d'être prise. Face à l'expression de son regard, il éprouva de la peine. Il avait envie de consoler cet homme, de lui dire qu'il avait toujours fait au mieux, mais aucun son ne sortait de sa bouche. Il était temps que règne le silence. Les ombres des bougies se promenaient sur la photo, jetant parfois son visage dans l'obscurité. Il lut sa phrase, et ces mots-là, *la tempête qui soufflait de mon passé s'apaisa,* se présentèrent à lui avec évidence. Yoon apparut pour déplacer le couvercle du cercueil. Le lit mortuaire s'offrait à Éric, il pouvait prendre le temps qu'il voulait avant de s'y allonger. Sans trop savoir pourquoi, il pensa à l'eau glaciale d'un lac, à un après-midi ensoleillé à la montagne où il rêverait de se rafraîchir, à son hésitation à l'idée de se baigner. Il se laissa happer par les images d'une nature sauvage. La ville bruyante et chaotique n'existait plus. Il effleura alors le cercueil exactement comme on touche une eau que l'on suppose froide. Le contact de sa peau sur le bois le rassura ; instinctivement, il sut qu'il serait bien, une fois allongé. Il ne pensait pas du tout à l'étrangeté de ce qu'il était en train de faire, simuler sa mort. L'acte ne lui paraissait pas incongru mais, bien au contraire, empreint d'une volupté ou d'une délicatesse prompte à chasser toutes les incertitudes. Il enjamba le bord du cercueil, et se retrouva debout à l'intérieur. Il s'allongea facilement, les bras collés contre le corps, dans cet espace qui semblait dessiné pour épouser parfaitement ses contours. Pour la première fois depuis qu'il était entré dans cette pièce, il aperçut un plafond aussi obscur qu'une nuit noire. Seules les bougies, par leur scintillement et les fluctuations de leurs flammes, offraient au lieu un mouvement. À présent qu'il ne bougeait plus, et que son souffle même se faisait rare, les minuscules éclats de lumière cherchaient presque à se faire oublier. Sans le moindre bruit, Yoon poussa le couvercle, enfermant Éric. On parle parfois d'un silence de mort ;

c'était le cas. Aucun son ne pouvait l'atteindre. L'obscurité était totale. D'autres auraient pu paniquer, subitement victimes de claustrophobie ou sous l'effet d'une crise d'angoisse, mais Éric se laissa aspirer par la puissance de l'expérience.

Quand il y repenserait plus tard, il lui serait impossible de déterminer combien de temps il était resté ainsi. Les minutes paraissaient elles-mêmes incertaines. Il lui serait également difficile de se souvenir avec précision des pensées qu'il avait eues. Il semblerait à Éric avoir vu quelques visages, dont ceux de son père et de son fils, puis il s'était promené dans certains moments du passé, avant de laisser sa conscience se perdre dans un no man's land, sorte d'errance où les images mentales ne possèdent plus la capacité de s'accrocher à quoi que ce soit. Jamais il ne s'était senti aussi bien, comme apaisé de tout, délesté du poids de la vie. Il était là, immobile, dans le noir et le silence, et c'était une caresse infinie. En laissant ses sens expérimenter la mort, il ressentait un bonheur proche de la jouissance. Il respirait doucement, se concentrant uniquement sur son souffle. Le néant s'emparait de lui avec douceur, dans ce voyage statique vers l'essentiel.

Était-ce cela, la mort ? Plus tard, Éric lirait sur les forums coréens les impressions laissées par ceux qui avaient vécu la même expérience. Certains racontaient qu'elle avait changé leur vision de la vie, d'autres qu'ils avaient à présent une meilleure image d'eux-mêmes. Plusieurs personnes avaient écrit cette phrase : « C'est comme si j'avais une seconde chance. »

6

Au bout d'un moment, Éric décida de revenir à la vie. Il frappa doucement sur le bois du cercueil, comme convenu avec Yoon, et celui-ci vint aussitôt le délivrer. Il avait l'habitude de voir des hommes et des femmes sortant de la mort, véritables Lazares en pleine résurrection, transfigurés par l'expérience. Il arrivait bien sûr que certains demeurent insensibles à ce qu'ils avaient vécu, mais, en grande majorité, les participants en ressortaient transformés. Éric observa l'endroit où il se trouvait, avec le sentiment qu'il était encore plongé dans les abîmes du silence et du néant. Il s'aperçut qu'il avait du mal à marcher, tituba, et voulut aussitôt s'asseoir sur un banc à proximité. Yoon s'approcha pour lui expliquer gentiment qu'une autre cérémonie allait commencer : il devait quitter la pièce. Avant de sortir, Éric lança un dernier regard à la salle, et à sa tombe éphémère. Il comprit que sa vie serait entièrement différente désormais. Dans l'espace où il s'était changé, une heure auparavant, il vit ses vêtements accrochés au portemanteau. Le moment où il s'était déshabillé lui paraissait lointain, presque flou. Chaque élément de son passé, son identité même, revenait à lui de manière progressive comme revient la conscience après un rêve agité. Yoon lui avait dit qu'il pouvait prendre son temps dans cette pièce. De toute façon, il ne se sentait pas capable de partir vite, de retrouver subitement la frénésie de la ville. Il avait besoin de se laisser aller dans cet indéfinissable entre-deux. Comment mettre des mots sur ce qu'il venait de vivre ? Quiconque l'aurait interrogé là, maintenant, l'aurait probablement pris pour un fou ou un homme perdu. Par ailleurs, il n'avait plus la moindre idée de ce qu'il devait faire. Son téléphone éteint recevait les innombrables messages d'Amélie. Lui qui avait toujours été empathique, et sensible aux inquiétudes des autres, était subitement envahi par l'unique préoccupation de lui-même.

Il lui faudrait du temps pour prendre la pleine mesure de cette expérience. S'allonger dans un cercueil pouvait ainsi modifier une trajectoire humaine. Si ces cérémonies coréennes rencontraient un tel succès, c'était bien qu'elles étaient bénéfiques. Il y a une nette différence entre le fait d'avoir conscience de la mort et le fait de (presque) la vivre. Ceux qui ont frôlé la mort connaissent souvent ce sentiment. Ils reviennent à la vie transfigurés. Rescapés de cette proximité avec le définitif, ils deviennent bien plus forts d'avoir été ainsi fragiles. La plupart du temps, ils réapparaissent avec une sensibilité plus grande. De nombreux artistes sont ainsi des survivants. Éric ressentirait cela. Non seulement il aurait envie de vivre, enfin, mais il aurait dorénavant besoin d'aller vers la beauté.

En quittant l'établissement, il remercia la femme de l'accueil. Une fois qu'il fut dehors, la ville de Séoul lui parut différente. Le bruit incessant était devenu harmonieux. Aux premières minutes de ce retour à la vie, Éric eut l'air d'être tout droit sorti d'une secte, ou d'avoir absorbé l'une de ces drogues qui vous propulsent dans un amour frénétique des autres. Il lui faudrait un peu de temps pour retrouver la juste mesure des choses. Il ne pleuvait plus. Le sol mouillé offrait à la ville un éclat presque doré. Il passa devant un parc, et décida de le visiter. Pendant une heure, ou peut-être davantage, il demeura adossé à un arbre. Il finit par demander le chemin de l'hôtel. En arrivant dans sa chambre, il n'avait qu'une envie : s'allonger et dormir. C'est seulement à cet instant que la réalité lui sauta au visage. Il découvrit les messages de plus en plus inquiets d'Amélie. Bien plus tard, il se demanderait comment cela avait été possible. Le choc du rituel avait court-circuité son esprit. Il se trouvait à présent face à l'ampleur de la catastrophe. La réunion avait déjà commencé. Il était trop tard. Il aurait pu appeler Amélie et prétexter un nouveau malaise, mais quelque chose le retenait. Par la suite, il regretterait amèrement cette attitude. Il se sentirait honteux d'avoir mis Amélie dans un tel embarras. Mais, à cet instant précis, il se sentait comme hermétique aux enjeux du réel.

7

Lors de la confrontation avec Amélie, il était resté mutique. Elle lui avait logiquement demandé de rentrer à Paris. Cette phase de sa vie s'achevait dans la brutalité. Il comprenait sa rage, savait qu'il serait probablement licencié. Certes, ce dernier point lui convenait parfaitement. Sans le moindre doute, il ne voulait plus continuer dans cette voie professionnelle. S'il ne savait pas quelle orientation il prendrait, sa seule certitude était la suivante : il voulait donner un sens à son existence. Bien sûr, il aurait voulu que les choses se passent différemment. Il aurait préféré assurer sa mission avec compétence, ainsi que le rendez-vous avec Samsung, puis démissionner en rentrant. Comment pouvait-il expliquer à Amélie qu'il s'était retrouvé allongé dans un cercueil et qu'il avait tout oublié ? Elle le prendrait pour un fou. Pourtant, il ne pouvait pas la laisser ainsi, dans l'incompréhension la plus totale. Il entreprit de lui rédiger une lettre, sans trop savoir par où commencer, avant de finalement abandonner, après avoir jeté plusieurs brouillons. Il n'arrivait toujours pas à raconter ce qui s'était passé ; certaines sensations demeurent inatteignables par les mots ; le vocabulaire peine parfois à dépasser le rationnel. Il avait finalement rédigé une simple phrase, en forme de clin d'œil, pour annoncer qu'un jour ils pourraient se revoir et discuter sereinement.

Pour le moment, Amélie ne voudrait plus entendre parler de lui. Elle regrettait sûrement d'être venue le chercher et de l'avoir débauché de chez Decathlon, tout ça pour aboutir à une telle trahison. Et au pire moment. Il y avait peu de chances que les Coréens aient à présent envie de s'implanter à Mulhouse. C'était lui qui avait travaillé sur le dossier depuis des semaines, lui qui savait précisément comment valoriser la proposition française. C'était le point qui le désolait le plus. Il s'en voulait d'avoir causé du tort à Amélie. Certes, il n'était pas complètement responsable de ce qui s'était passé, mais il avait piétiné par son attitude ce qui les unissait. La joie même de leur dernière soirée ensemble paraissait incongrue maintenant. L'état de santé d'Éric allait être invoqué pour l'écarter en toute discrétion. En effet, après réflexion, Amélie estima qu'elle ne pouvait pas le licencier pour faute : cela serait revenu à discréditer son recrutement qui, déjà à l'époque, avait paru étrange. Pour simplifier la situation, Éric démissionna. L'équipe fut néanmoins surprise de constater qu'il ne revenait pas récupérer ses affaires, et qu'aucun pot de départ n'était organisé. Il y eut quelques rumeurs[1], d'autant plus qu'Amélie

1. On parla même d'un possible scandale sexuel.

demeurait évasive. À vrai dire, elle ne savait pas elle-même ce qui s'était produit. Éric n'avait pas voulu parler, et elle n'allait pas le harceler pour comprendre. La seule explication probable demeurait le burn-out. Une explosion en plein vol. Un acte fatal, sorte de hara-kiri professionnel. Ses conjectures allaient bientôt s'évaporer au profit d'une psychose mondiale causée par l'apparition d'un virus. On ne parlerait plus que de cela, et plus encore dans le secteur du commerce extérieur, où tout reposait sur l'échange et les voyages. Le Covid allait plonger son service dans une période très incertaine, mais qui aurait au moins le mérite de faire oublier l'absence d'Éric, et la succession des hypothèses concernant son départ soudain.

Quant à lui, il vécut ce bouleversement de manière quasi mystique. Au moment précis où il décidait de stopper la marche effrénée de sa vie, au moment même où il voulait renaître sous un jour différent, voilà que le monde entier, dans un écho saisissant, s'arrêtait également. S'il avait eu une tendance à la mégalomanie, il y aurait vu le signe que l'humanité s'accordait à son rythme.

8

En rentrant de Séoul, Éric alla rendre visite à son ex-femme. Habituellement, il échangeait avec Isabelle par messages, essentiellement pour l'organisation du planning d'Hugo. Sans même la prévenir, il avait décidé de venir l'attendre à la sortie de l'hôpital Saint-Antoine. Éric n'avait pas anticipé l'émotion qu'il ressentirait en la retrouvant. Il lui semblait pourtant que le temps avait fait son œuvre, cicatrisant les blessures de la séparation. Il faut croire qu'il demeurait quelques scintillements du passé. Il lui proposa de prendre un café, mais elle répondit ne pas avoir de temps :

« On doit aller au théâtre ce soir, avec Marc.

— Tu vas voir quoi ?

— Je ne sais pas. C'est lui qui a réservé… »

C'était donc ça le secret, prendre des places de théâtre. N'importe quelle pièce faisait l'affaire pour se donner l'illusion qu'on était un couple dynamique. Éric se demanda pourquoi il se laissait aller à de telles considérations ; ce n'était plus sa vie.

« Tu es sûre que tu n'as pas le temps pour un café ? Rapidement…

— Non, vraiment, je suis désolée… Mais, tu n'étais pas censé être en Corée ?

— Je suis rentré plus tôt que prévu. Tout s'est très bien passé, ça ne servait à rien de s'éterniser.

— Tant mieux. Et donc ? Qu'est-ce qui ne pouvait pas attendre ?

— Justement, c'est lié à mon travail. J'ai décidé de m'organiser autrement. Je vais un peu lever le pied… Et je ne vais plus voyager autant. Je ne peux plus…

— Quoi ? Fuir ?

— Je ne sais pas si c'est le mot, mais je veux que les choses changent.

— Et tu es venu me dire ça ?

— Oui, car ça te concerne.

— C'est-à-dire ?

— Je veux avoir Hugo une semaine sur deux. Une vraie garde partagée.

— Mais… on ne peut pas parler de ça, comme ça… sur un trottoir.

— C'est bien pour ça que je te proposais de boire un café.

— Tu sais très bien que c'est compliqué. Tu habites un peu loin de l'école…

— Je vais déménager pour me rapprocher. Et en attendant de trouver un appartement, je l'accompagnerai tous les matins.

— Je ne comprends pas bien. Si tu l'accompagnes, tu ne seras jamais au bureau à 9 heures.

— Je t'ai dit que les choses allaient changer.

— Écoute, Éric… tu me laisses tout organiser depuis des années. Alors, on va prendre le temps de réfléchir. Là, je suis pressée. Franchement, c'est n'importe quoi.

— Pardonne-moi. Je comprends parfaitement que cela puisse paraître un peu abrupt. Mais j'avais juste besoin de te le dire tout de suite. Et, comme je vais en parler en Hugo, je voulais que tu le saches avant.

— Justement, les choses sont simples pour lui comme ça.

— On verra. Peut-être que ce sera un peu déstabilisant, au début, mais crois-moi, il a besoin de moi. Et je serai là pour lui.

— Bon écoute… on en parle un peu plus tard, d'accord ? »

Isabelle lui fit rapidement une bise, et partit vers le métro. Éric la rattrapa aussitôt :

« Pardon, je ne veux pas te mettre en retard. Mais nous n'en reparlerons pas plus tard. Quand on s'est séparés, je n'ai pas fait d'histoire, on a signé un accord à l'amiable, et on a opté pour une garde alternée par principe. Mais tu as décidé à ce moment-là, car j'étais très mal, de garder Hugo. Je reprends juste mes droits. Ce qui a été convenu. Je veux qu'il habite chez moi une semaine sur deux. »

Isabelle resta bouche bée. Elle n'avait jamais vu Éric ainsi, aussi déterminé. Elle finit par répéter que ce n'était pas une façon de faire, qu'on ne pouvait pas régler une chose aussi importante de cette manière, et elle s'engouffra dans le métro. Si la méthode lui avait déplu, elle savait qu'il était dans son droit. Durant tout le trajet, et une partie de la pièce de théâtre sans grand intérêt, elle ne cesserait de penser à nouveau à la façon dont Éric s'était présenté à elle. Lors des dernières années de leur couple, il s'était montré de plus en plus léthargique. Bien sûr, elle avait tout fait pour l'aider, avant d'abdiquer progressivement. Elle n'avait eu d'autre choix que de le quitter. Il s'était alors plongé dans sa vie professionnelle, délaissant son fils qu'il adorait pourtant plus que tout. Isabelle avait considéré cela comme une fuite, sous-estimant à quel point la douleur peut se traduire en renoncement. Éric s'était senti coupable d'avoir été quitté ; si tout était de sa faute, pourquoi son fils l'aurait-il mérité comme père ? À présent, il mettait fin à cette privation qu'il s'était infligée. Il était persuadé qu'il trouverait les bons mots pour Hugo, qu'il pourrait lui faire comprendre son désir de rattraper le temps perdu. Quand ils en parleraient le lendemain, il serait essentiellement question de logistique. Éric proposerait à son fils de lui laisser sa chambre, plus spacieuse, et équipée d'une salle de bains. Ce simple geste dénotait son enthousiasme. Hugo avait probablement toujours attendu cela, que son père se montre enfin présent.

Il fut décidé que la première semaine qu'Hugo passerait chez son père serait celle du 9 mars 2020. Quelques jours plus tard, Emmanuel Macron annonçait le premier confinement. Il fallait vite choisir son lieu de vie. En tant que membre du personnel soignant, Isabelle risquait d'être très peu disponible dans les temps à venir. C'est ainsi qu'après des années d'une relation épisodique Éric et son fils se retrouvèrent à vivre ensemble.

9

Au tout début, ce fut étrange pour tous les deux. Comme une overdose d'intimité après des années de sevrage. Éric profitait pleinement de cette nouvelle période de sa vie. Il disposait d'assez d'économies pour ne pas s'inquiéter pour le moment. Pour la première fois, il prenait du temps pour lui, n'avait plus la moindre contrainte professionnelle. Traîner au lit le matin avec un livre lui paraissait un privilège miraculeux. Il y avait du paradis dans cette prison sociale. Hugo, qui suivait ses cours par l'application Zoom, jalousait l'oisiveté de son père. Pour équilibrer les choses, Éric se mit à s'impliquer dans les devoirs de son fils. Le niveau de sixième en mathématiques lui sembla déjà bien complexe. Il l'aida davantage pour le français, l'anglais et surtout la géographie. Tous ces instants respiraient l'inédit. Hugo n'avait aucun souvenir de son père s'investissant ainsi à ses côtés. Alors que tous ses amis protestaient contre l'enfer qu'ils vivaient, il devait être le seul à apprécier cette nouvelle phase de sa vie. La situation d'Isabelle, plongée dans la psychose générale causée par une maladie dont on ne savait rien, était bien plus complexe. Elle appelait son fils chaque jour, et masquait sa surprise de constater à quel point tout se passait bien. Savoir qu'elle pouvait enfin compter sur Éric la soulageait. Il reprenait son rôle.

À vrai dire, son sentiment était paradoxal. Si elle lui avait souvent reproché son attitude fuyante, elle aimait la relation quasi exclusive qu'elle entretenait avec Hugo. Elle appréhendait l'idée d'une garde alternée, de devoir céder du terrain. En écoutant son fils, elle devait admettre qu'il était heureux, et c'était bien là l'essentiel. « Maman, on t'applaudit avec papa tous les soirs à 20 heures… », disait-il comme si cette manifestation collective n'était destinée qu'à elle.

Éric téléphonait à sa mère régulièrement pour prendre de ses nouvelles. Dans un tel contexte, il aurait été inhumain de rester sur la tonalité désastreuse du Noël précédent. Si l'angoisse de l'avenir rapprochait les uns et les autres, ces deux-là demeuraient néanmoins à distance. Leurs conversations prenaient l'allure d'un appel au service après-vente en cas d'achat d'un appareil défectueux. Dominique répondait que tout allait bien, merci. Une nuit, Éric avait rêvé de la mort de sa mère. Un long cauchemar où il la voyait incapable de respirer, agonisant dans un couloir d'hôpital ; il courait pour la retrouver, en vain. Elle était partie sans qu'il puisse prononcer le moindre mot d'apaisement. Il s'était réveillé, cette scène atroce encore sous les yeux, comme si les images de la nuit ne voulaient pas le quitter. Il avait voulu l'appeler pour lui dire qu'il l'aimait, mais les mots ne sortaient pas, toujours cette froideur, abominable et inamovible. Il lui disait toutefois son inquiétude de la savoir seule pendant cette période oppressante, et elle finit par déclarer : « De toute façon, on va tous mourir. »

Éric alternait ainsi entre l'émerveillement d'une relation qui se restaurait entre son fils et lui et la désolation de rapports toujours hostiles avec sa mère. Pourtant, il vivait le moment présent sans se poser de questions. Que ferait-il après le confinement ? Il n'en avait pas la moindre idée. Un seul élément lui paraissait concret : il n'arrivait pas à se détacher de l'expérience sidérante qu'il avait vécue. Il ressentait chaque jour encore les vibrations de sa rencontre avec la mort. Il se sentait différent. Hugo avait constaté ce changement. Non seulement son père faisait preuve d'une grande patience à son égard, mais il s'intéressait à tout ce qu'il aimait. Éric découvrait les goûts musicaux de son fils, lisait avec attention les textes de tel ou tel rappeur. Hugo en arrivait à trouver étrange ce bouleversement. Louise, sa meilleure amie, avec qui il échangeait de nombreux messages, avait fini par poser un diagnostic : « Je pense que ton père se drogue. » Hugo se renseigna sur Internet, et découvrit l'existence de substances favorisant la bienveillance ou l'empathie. Il tomba ensuite sur un lien concernant les antidépresseurs. Cela lui semblait parfaitement correspondre, cette façon de ne plus être encombré par les soucis du quotidien, de s'élever sereinement au-dessus de l'agitation. Après tout, son père ne travaillait plus, les perspectives d'avenir étaient plus anxiogènes que jamais, mais rien ne semblait réellement l'affecter. « On n'est pas loin de la lobotomie », écrivit-il à Louise.

Éric n'avait pas la moindre idée de l'impression qu'il pouvait produire autour de lui. Bien sûr, il avait pris une décision importante en demandant la garde partagée, et il savait qu'il se sentait bien mieux, mais il n'avait pas pris la mesure de ce que son entourage pouvait penser de lui. À vrai dire, il avait eu l'impression de se recomposer tel qu'il était avant la mort de son père ; exactement comme si on pouvait recoller des morceaux brisés de joie. Sa culpabilité ne s'était pas évanouie, mais il avait admis que le pardon ne viendrait que de lui. Face à sa propre mort, il avait regardé ses actes avec davantage de justesse. Depuis son retour de Séoul, Éric n'avait partagé avec personne son expérience. Après avoir échafaudé de multiples hypothèses, Hugo décida finalement de l'interroger. Que s'était-il passé pour qu'il soit devenu si différent ? Éric sut qu'il ne pourrait pas répondre sans commencer par évoquer son père. Tout était lié. Tant de fois, il avait imaginé ce moment, celui où il partagerait avec son fils ce qu'il avait vécu. Ces événements avaient toujours été tabous. Pour la première fois, il parla du terrible sentiment de se sentir responsable du drame. Il évita d'accabler sa mère, et son attitude extrême. Il pouvait expliquer les choses à son fils sans dévoiler chaque recoin de son amertume. Assez vite, il enchaîna avec sa découverte de Happy Life. Hugo n'en revenait pas. Alors que son père essayait de lui faire partager la portée spirituelle du rituel, il commenta : « Je connais plein de gothiques au collège qui adoreraient faire ça… » Pour assouvir la curiosité d'Hugo, Éric détailla le déroulé de la cérémonie, mentionna l'écriture de la notice[1], de l'épitaphe. Il raconta le silence dans le cercueil, et ce sentiment de regarder le néant droit dans les yeux. Et comment il en était ressorti armé du désir de vivre. À la fin de cet échange, Hugo demanda : « Est-ce que ça existe en France ? »

1. Plus tard, Hugo en découvrirait avec émotion la première phrase : « Éric Kherson n'a jamais oublié la joie d'être devenu père. »

10

Pour Éric, cette simple question constitua un détonateur. Importer le concept, c'était exactement ce qu'il devait faire. Hugo lui avait tout de même demandé : « Tu crois que les gens ont envie de ça, en ce moment ? Ils ont plutôt envie de faire la fête que d'aller se mettre dans un cercueil. On dirait que tu leur proposes un nouveau confinement… » La période était au contraire parfaitement propice, pensait Éric. La perte de liberté, le sentiment de l'éphémère, l'angoisse existentielle : l'expérience de ces fragilités-là poussait les humains à se redéfinir. Il fallait, plus que jamais, donner un sens à sa vie. Aux États-Unis, on assistait à « la grande démission ». Des millions de salariés quittaient leur emploi. Le hashtag #quitmyjob était devenu viral. Happy Life concourait à cette impulsion de l'ailleurs, ce besoin viscéral de vivre sa vie et non plus de la subir. L'histoire personnelle d'Éric continuait d'entrer en collision avec celle de chacun.

Il nota ses premières idées. D'emblée, il écarta la possibilité d'organiser des cérémonies collectives. La formule individuelle lui paraissait plus propice à l'introspection. En matière de superficie, les lieux pouvaient être l'équivalent d'un salon de massage. Il serait par ailleurs préférable de ne pas générer trop de frais dans une période si incertaine. Avant toute chose, il devait trouver un nom. À Séoul, il avait été happé par les néons Happy Life. Il essaya d'imaginer quelle serait son attitude s'il passait devant une boutique parisienne dénommée La vie heureuse. Ce serait forcément intrigant. On a toujours envie de savoir ce qui se cache derrière le bonheur. En recherchant sur Internet, il tomba sur l'ouvrage de Sénèque qui porte ce titre. Un vague souvenir d'un cours de philosophie lui revint. Il parcourut de nombreux extraits évoquant l'idée de dépossession matérielle. Il nota cette phrase : « L'homme heureux est celui qui aime ce qu'il a. » Cette exaltation de la satisfaction simple résonnait en lui. Et la pandémie, d'une certaine manière, pouvait être considérée comme un antidote à la surconsommation. Si sa thérapie avait pour but de permettre d'atteindre la vie heureuse, ce n'était pas le nom qu'il souhaitait donner à son projet. Cela faisait un peu trop « développement personnel », et manquait d'étrangeté.

En continuant sa recherche, il croisa de nombreux mythes mortuaires. Il fut frappé de découvrir qu'au Mexique la fête des morts prenait quasiment la tournure d'un carnaval, avec des squelettes colorés, et des cadeaux offerts aux personnes disparues. Il y avait là comme une obsession de gommer la frontière entre le réel et l'au-delà. Éric pensa un moment dénommer son espace Osiris, le dieu égyptien dont la sœur, Isis, avait recollé les morceaux. Ainsi ressuscité, il était devenu le souverain du royaume des morts. Il considéra aussi toutes les histoires de résurrection, dont évidemment celle de Lazare. Marthe et Marie, anéanties par sa mort, rencontrèrent Jésus, qui leur dit : « Je suis la résurrection et la vie ; celui qui croit en moi, s'il meurt, revivra. » Et c'est ainsi que Lazare avait quitté les ténèbres, quatre jours après sa mort. Malgré la puissance symbolique d'une telle histoire, Éric n'opta pas non plus pour le nom de Lazare, trop biblique à ses yeux. Il pensa forcément à Orphée, le musicien qui parcourut le royaume des Enfers pour sauver son amour. Mais ce mythe avait le défaut d'être le symbole d'une tragédie et d'un échec. Longtemps, il estima que Phénix serait l'appellation idéale. Rien ne pouvait mieux incarner son projet que cet oiseau mythique qui renaît de ses cendres. La symbolique était parfaite, et le nom simple à retenir. Mais finalement, c'était un mot qu'on entendait trop souvent, presque galvaudé. D'ailleurs, il découvrit que de nombreuses entreprises étaient déjà baptisées ainsi, à commencer par une société qui vendait des piscines.

Éric avait envie d'un nom évoquant l'Asie. Il finit par tomber sur la fleur *Lycoris radiata*. Originaire de Corée, c'est un lis rouge qui prend la forme d'une araignée en se déployant. Selon une légende japonaise, cette espèce surnommée « la fleur de l'au-delà » pousse le long du chemin menant à la réincarnation. Tout était là, le symbole et la beauté de la sonorité ; c'était exactement le nom qu'il recherchait.

11

L'été suivant, Éric partit un mois avec Hugo à la montagne, à l'endroit où il allait, enfant, avec ses propres parents. Au mois d'août, il se retrouva seul ; il en profita pour appeler certains amis qu'il n'avait pas vus depuis longtemps, et d'anciens collègues de Decathlon. Il finit par rejoindre l'un d'eux dans le sud de la France. Il renouait avec la vie sociale, en réapparaissant après des années d'absence. On se doutait qu'il avait vécu des moments compliqués, on ne l'interrogeait pas. Tout juste le questionnait-on sur son expérience ministérielle, sujet sur lequel il avait beaucoup de mal à répondre. Cette période lui paraissait presque floue, comme s'il n'était plus tout à fait certain de l'avoir vécue. Il évacuait assez vite le sujet. Bien sûr, il lui arrivait de penser à Amélie. Pendant le confinement, il avait hésité à lui envoyer un message pour prendre de ses nouvelles, mais il ressentait trop de gêne.

En septembre, Éric emménagea juste à côté du collège d'Hugo. Il commença à visiter des locaux, mais on annonçait déjà l'éventualité d'un nouveau confinement. Il semblait préférable d'attendre avant de lancer Lycoris. Il avait également le projet de retourner à Séoul. Ce qu'il fit le printemps suivant, dès l'assouplissement des mesures sanitaires. En pénétrant pour la deuxième fois chez Happy Life, il retrouva l'homme qui l'avait guidé pour sa cérémonie. Il ne put réfréner une sorte d'accolade spontanée. Dans un pays si pudique, cette subite effusion avait de quoi surprendre. Éric demanda à renouveler son expérience, ce qui était peu commun. On mourait rarement une seconde fois. Il écrivit un texte, puis une épitaphe, sensiblement les mêmes que la fois précédente, et se glissa dans le cercueil. Il éprouva à nouveau cette forme de plénitude rare et comparable à nulle autre sensation. En ressortant, il nota ses impressions sur un carnet. Il avait appris que d'autres lieux similaires à Happy Life existaient à Séoul. Lors de son séjour, il prit rendez-vous dans chacun d'entre eux, tel un rédacteur chargé d'écrire un guide sur le tourisme mortuaire. Avant de pouvoir transmettre, il lui fallait enrichir son savoir. Si le déroulé était toujours plus ou moins identique, il avait constaté ici ou là d'infimes variations dans les pratiques. Mourir fut donc la principale occupation de son deuxième séjour en Corée.

Éric en était revenu plus que jamais animé par la certitude de la pertinence de son projet. Il ne pensait plus qu'à ça. Il était la preuve vivante qu'il s'agissait d'une thérapie révolutionnaire. Partout autour de lui, il voyait les difficultés auxquelles faisaient face ses contemporains. Isabelle, par exemple, était épuisée par des mois d'excès de travail à l'hôpital. Elle s'était retrouvée face à d'insupportables drames humains, notamment quand les familles n'avaient pas pu accompagner les mourants. Pendant cette période de crise sanitaire, elle avait davantage échangé avec Éric. Ils parlaient essentiellement de leur fils, bien sûr, mais, ici ou là, leurs conversations avaient pris une tournure plus personnelle. Ils avaient même prévu de déjeuner ensemble. Leur relation s'apaisait enfin. Le jour dit, Éric se sentit particulièrement ému. Aux premiers temps de la rupture, il avait souvent espéré pouvoir un jour la retrouver ainsi. Peut-être pour chasser l'étrangeté du moment, Isabelle débuta aussitôt :

« Je trouve Hugo très épanoui depuis qu'il est davantage avec toi. Ça lui fait du bien, mais…

— Quoi ?

— Je m'inquiète un peu. Il me dit que tu passes ton temps à lui parler de choix de cercueils ou ce genre de choses…

— …

— Crois-tu que ce soit sain, pour un enfant ?

— C'est une thérapie.

— C'est tout de même un peu morbide, non ? Déjà que moi, je passe mon temps en réanimation. J'ai peur que cela ne devienne compliqué pour lui de gérer tout ça.

— Je partage avec lui ce que je fais. Et crois-moi… il n'y a rien de lugubre. Je peux t'envoyer des articles sur ce que font les Coréens, ça va te rassurer.

— Je me suis déjà renseignée.

— Qu'est-ce que tu essayes de me dire, exactement ? Ne

me dis pas que tu veux utiliser ça pour changer le mode de garde ?

— …

— Isabelle ?

— Non. Mais mets-toi à ma place…

— Tu viens de me dire que tu trouvais qu'Hugo allait bien. C'est l'essentiel, non ?

— Oui.

— C'est pour ça que tu voulais qu'on déjeune ensemble ?

— Un peu, oui. Mais je suis aussi contente qu'on puisse se parler. Pendant longtemps, c'était impossible avec toi.

— …

— Tu as l'air si… différent.

— C'est justement lié à cette thérapie. Comme tu as compris, je vais l'implanter en France. Tu pourras peut-être essayer.

— Je ne sais pas.

— Cela ne peut être que bénéfique. Surtout…

— Quoi ?

— Je sais que tu as vécu des choses difficiles à l'hôpital.

— Merci. C'est vrai que je me sens assez vidée.

— Heureusement, tu as Marc pour te soutenir… »

Isabelle avait été surprise par cette mention. C'était la première fois qu'Éric prononçait le nom de son « successeur ». Pendant des années, cela avait été complètement tabou dans sa bouche. Encore un signe de l'apaisement qui s'installait entre eux. Isabelle n'en était tout de même pas à se confier à Éric, et à lui avouer la vérité : la période était difficile pour son couple. Quelque chose s'essoufflait entre eux. Elle éluda le sujet en disant que, oui, Marc était là pour elle ; mais ces quelques mots avaient été prononcés sans grande conviction, d'une manière plus mécanique qu'incarnée. Sans trop savoir pourquoi, ils reparlèrent de l'épisode du marathon, véritable tube de leur mythologie personnelle. Avec le temps, ils arrivaient enfin à ne considérer que les meilleurs moments de leur histoire. Éric allait mieux, cela lui permettait aussi de renouer avec son passé, de revisiter sereinement ce qu'il avait raté. Au moment de se quitter, ils s'enlacèrent un court instant.

12

Début 2021, Éric trouva enfin le local parfait, pourvu d'un long couloir (ce qui était indispensable) qui débouchait sur une grande pièce donnant sur une cour intérieure. Il allait bien sûr insonoriser au maximum le lieu, pour lui donner les caractéristiques d'un tombeau. Il était par ailleurs assez fier d'un élément : la boutique se trouvait rue Saint-Lazare. Chaque détail comptait. Il se lançait dans cette aventure avec calme et tranquillité, peaufinant tous les aspects de son projet. Pour les travaux, il demanda au gardien de son immeuble s'il connaissait quelqu'un. Comme cela pouvait se faire assez rapidement, celui-ci proposa de s'en occuper lui-même. Il écouta attentivement ce que voulait Éric, à savoir la pose d'une moquette rouge foncé dans le couloir pour donner le sentiment d'un cocon chaud. Et dans la salle ovale, où aurait lieu le rite, il fallait incruster sur le mur quelques bougeoirs afin de plonger le patient dans une légère pénombre. Au centre, le cercueil serait disposé sur un autel surélevé. Le gardien se demanda ce qu'il allait se passer ici, s'il n'était pas en train d'aider le gourou d'une secte adepte des sacrifices. Éric lui avait pourtant expliqué clairement les bienfaits de la thérapie. Rien n'y ferait, l'homme le regarderait toujours de travers désormais. Quand il le croiserait dans le hall de l'immeuble, il se précipiterait aussitôt dans sa loge pour fuir le psychopathe. Éric saisit alors seulement que tout le monde ne comprendrait pas forcément sa démarche. Peu importait, le lieu était exactement tel qu'il l'avait imaginé, et c'était bien là l'essentiel. Les passants s'arrêteraient sûrement en voyant les lettres lumineuses affichant « Lycoris ». Ils se demanderaient ce qui se cachait derrière ce nom.

13

La première personne qui pénétra dans l'enceinte fut Hugo. Se retrouver concrètement devant un cercueil lui parut très déstabilisant. Étrangement, il pensa d'abord à ce qu'il devrait renseigner au collège à la rubrique « profession du père ». Devrait-il écrire « organisateur de faux enterrements » ? Après discussion avec Éric, il fut convenu d'opter plutôt pour « thérapeute ». Bientôt, Hugo allait se rendre compte que toute cette aventure susciterait un véritable intérêt ; certains de ses amis voudraient essayer le cercueil ; il y gagnerait même en popularité.

Le lendemain matin, ils prirent la voiture direction Rennes pour une visite surprise à Dominique. Hugo était heureux de voir sa grand-mère, pourtant il redoutait le moment. « Ça ne t'ennuie pas que je lui parle ? » demandait-il parfois à son père. « Non, tu as ta relation avec elle et c'est très bien ainsi.

Ce qui se passe entre nous n'est pas ton problème.» La vérité était tout autre. Cela aggravait la blessure d'Éric de constater que sa mère débordait d'affection pour son petit-fils alors qu'elle continuait de le condamner lui. Elle avait une nature radicale, et se montrait bien souvent incapable de faire marche arrière dans ses décisions affectives. Cette visite impromptue n'allait pas arranger la situation. Dominique détestait tout ce qui n'était pas minutieusement organisé. Elle avait besoin de connaître à l'avance le scénario de ses heures. Pour elle, l'imprévu était devenu synonyme d'accident et de mort. Au moment même où ils arrivèrent au pied de son immeuble, elle rentrait avec un sac de courses. Rarement expression humaine a été dictée par deux émotions aussi contradictoires. Une partie du visage de Dominique se réjouissait quand l'autre se fermait. Elle embrassa Hugo, en demandant:

«Mais qu'est-ce que vous faites là?

— On voulait te faire une surprise, tenta Éric.

— Tu sais très bien que je déteste ça. Je n'ai rien préparé.

— Ce n'est pas grave, on ira au restaurant...»

En fin de journée, ils marchèrent jusqu'à la crêperie située au bout de la rue. La conversation tournait essentiellement autour d'Hugo; les enfants sont parfois très utiles pour éviter aux adultes de se parler. Dominique semblait prendre du plaisir à cette visite, presque malgré elle. Plus tard dans la soirée, quand Hugo fut couché, Éric retrouva sa mère dans le salon. Il se sentait enfin capable de se confronter à elle:

«Je voudrais que tu arrêtes de m'en vouloir.

— De quoi parles-tu?

— Depuis des années, je subis ton attitude. Je te le demande vraiment. Il est temps d'arrêter.

— ...

— Tu n'étais pas comme ça avant. Tu l'as peut-être oublié, mais pas moi.

— …

— Tu es encore vivante. Tu n'es pas morte avec papa.

— Je vais me coucher. Bonne nuit.

— Tu ne veux pas m'entendre, d'accord, mais j'aimerais que tu viennes avec nous quelques jours à Paris. Je suis venu te chercher pour ça.

— …

— Tu peux me donner ta réponse demain matin. »

Elle rejoignit sa chambre sans rien dire. Le lendemain, en se levant, Éric aperçut une petite valise posée près de la porte. Cela voulait dire oui.

14

Sur la route vers Paris, Dominique se laissa sagement porter par le moment. Hugo devait simplement éviter d'évoquer la nouvelle activité de son père. Comment aurait-elle pu comprendre ? Elle n'avait jamais été très versée dans la spiritualité. Sa seule petite incursion dans le paranormal avait été dictée par le chagrin. Elle avait entendu parler d'une femme capable de converser avec les morts. « Votre mari est en paix et veille sur vous », s'était-elle entendu dire. Elle se raccrochait comme elle le pouvait aux signes, capable de percevoir dans la manifestation du vent l'évidence d'une caresse. Pendant des années, Dominique avait tenté d'éviter chaque recoin de la ville qui lui rappelait un souvenir, mais c'était impossible : Pavel était partout. Leur vie d'avant inondait le présent. Éric ne le savait pas, mais sa mère avait avalé une boîte de cachets, un soir de désespoir ; elle avait elle-même appelé les pompiers dans un ultime soubresaut de lucidité. Elle s'était sentie pathétique d'avoir été subitement effrayée par la mort, elle qui survivait dans cette antichambre de la vie, là où les ombres deviennent des présences.

Avant de partir pour Paris, Éric avait discrètement fouillé dans les albums familiaux pour récupérer une photo de sa mère. Il n'y en avait pas de récente : depuis des années, elle ne laissait plus la moindre trace de son existence. Il en avait trouvé une qui datait d'avant l'accident ; une simple photo d'identité pour un passeport qu'elle n'avait jamais utilisé. Il l'avait capturée avec son téléphone, puis agrandie et imprimée. Bien sûr, Éric ne demanderait pas à sa mère de rédiger une notice biographique, puisqu'il avait prévu de la mettre devant le fait accompli. Il espérait lui faire subir une sorte de choc cathartique qui la ramènerait à la vie. Il savait à quel point son initiative était risquée. Elle pourrait ne voir dans cette mise en scène qu'une exaltation morbide. Le lundi matin, au moment où Hugo partit pour l'école, Éric annonça à sa mère qu'il voulait l'emmener quelque part. C'est ainsi que Dominique pénétra dans les locaux de Lycoris.

« On fait quoi ? C'est lugubre ici.

— Tu vas voir… »

Elle suivit son fils le long du couloir avant de se retrouver face à un cercueil sur lequel elle vit sa photo, accompagnée de l'inscription suivante :

DOMINIQUE KHERSON

1948-2021

Elle resta interdite plusieurs secondes, avant de se laisser aspirer par la colère :

« Mais c'est quoi ? Ma tombe ?

— Je…

— Tu es complètement fou.

— Je vais t'expliquer.

— Il n'y a rien à dire. C'est pour ça que tu es venu me chercher ? Pour m'enterrer ?

— … »

À ce moment-là seulement, Éric se rendit compte combien sa démarche pouvait paraître violente. Quiconque se retrouverait subitement face à son propre tombeau réagirait probablement de la même façon. Dominique sortit, sans ajouter un mot. Son fils courut à sa suite, la retenant par le bras : « Je t'en prie maman, reste… je vais t'expliquer… » C'était la première fois depuis si longtemps qu'il l'appelait maman. L'intensité de ses supplications fit qu'elle accepta de l'écouter. Éric partit alors dans un monologue fébrile, évoquant toutes ses années de mal-être, avant la découverte de cette thérapie en Corée du Sud. Il exprimait enfin ce qu'il avait toujours retenu, dans un flot de paroles peu maîtrisé mais sincère et juste. Dominique comprit que son fils s'efforçait de sauver leur relation. C'était une tentative à la fois folle et baroque, mais à n'en pas douter aimante. Elle écouta attentivement sa confession. Il était ressorti transfiguré de son expérience, apaisé, et même un autre homme. Elle se retrouva dans la souffrance exprimée par Éric. Elle aussi était étrangère à ses propres jours. Qu'avait-elle à perdre ? Elle n'avait plus rien. Elle chassa son ressenti initial, regarda son fils avec une confiance qu'elle ne lui avait pas témoignée depuis longtemps, revint dans la pièce et s'avança vers son cercueil. Elle observa un long moment son portrait dans le cadre. Elle éprouvait de la tendresse pour cette femme dont l'expression respirait l'illusion suivante : rien ne peut arrêter la joie.

Elle resta allongée un temps qui parut interminable à Éric. Quand elle demanda enfin à sortir du cercueil, il comprit qu'elle avait vécu une expérience similaire à la sienne. Ce fut immédiatement perceptible. Après quelques minutes de silence, elle reprit ses esprits, puis demanda à rentrer chez elle. Éric comprenait parfaitement cela, lui qui avait quitté le rituel en ne sachant plus rien du présent. Ils roulèrent vers Montparnasse, et se quittèrent sur le quai de la gare. Plus tard, Dominique trouverait les mots pour décrire ce qu'elle éprouvait, et comment elle envisageait dorénavant l'avenir.

15

Il était temps de passer à l'ouverture de Lycoris. Hugo créa une page Instagram qui expliquait le concept thérapeutique. Il y eut quelques commentaires de curieux, mais cela ne suffirait pas pour trouver des patients. Éric avait envisagé de demander conseil à un attaché de presse rencontré chez Decathlon, mais il avait renoncé, de peur de mêler deux vies contradictoires. Il entreprit alors différentes démarches, dont l'une auprès du Centre culturel coréen à Paris, qui accepta d'évoquer la création de cette réplique parisienne de Happy Life dans sa newsletter. C'est ainsi qu'un premier client réserva une séance. Il s'agissait d'un homme approchant la cinquantaine, que sa femme avait quitté depuis presque quatre ans. Son désespoir était total. Seule la présence de ses deux enfants l'avait empêché de sombrer complètement. C'était d'ailleurs sa fille[1] qui avait repéré cette nouvelle méthode, après lui avoir fait essayer entre autres l'hypnose, le yoga, les antidépresseurs. Rien à faire, il continuait de se sentir amputé de sa raison de vivre. Éric, forcément, songea à sa mère. L'homme rédigea sa notice, et choisit pour épitaphe : « Tu me manques. » Effectivement, on ne le sentait pas prêt à tourner cette page affective. La confrontation à la mort lui permit, pour la première fois, de relativiser un peu ce qu'il éprouvait. Certes, le chemin serait encore long. À la sortie, sa fille l'attendait, et il sembla bouleversé par sa présence, par l'amour qu'elle lui témoignait. Éric ne saurait jamais si cet homme irait mieux, mais il avait récolté ce matin-là un peu du goût de survivre.

La deuxième cliente, quelques jours plus tard, était une femme qui avait perdu toute estime d'elle-même, après avoir subi une longue période de harcèlement au travail. Elle peinait à sortir de la dépression. Elle avait dit à Éric : « Je suis deux personnes : l'une qui souffre, et l'autre. » Il constata que les patients se confiaient à lui, au moment de rédiger leurs notices. Ayant lui-même connu ces périodes de traversée fantomatique de la vie, il était doué pour écouter les tragédies intimes. La femme ne ressortit pas aussi transfigurée de l'expérience qu'il l'aurait souhaité, mais elle affirma se sentir prête à se valoriser davantage. D'autres patients suivirent. D'une manière générale, le rituel leur apportait ce qu'ils espéraient. Il suffisait de lire leurs commentaires sur la page

1. Elle était l'une des organisatrices du Festival du film coréen à La Rochelle.

de Lycoris, où ils n'hésitaient pas à conseiller de suivre leur exemple. Beaucoup confiaient envisager l'avenir plus sereinement. Certains annonçaient vouloir changer de vie, d'emploi, de sexualité ; d'autres prenaient enfin du temps pour écrire ou pour peindre. Il y avait clairement un avant et un après, et c'était bien l'objectif d'Éric. Tout comme sur les forums coréens, le mot qui revenait le plus souvent était : « renaissance ». Ces retours positifs et le bouche-à-oreille eurent pour conséquence une nette augmentation des réservations. On n'obtenait plus dorénavant de rendez-vous avant un délai de deux ou trois semaines. À l'évidence, Lycoris comblait un manque en France. Éric avait le sentiment d'avoir donné un sens à sa vie. Jusqu'à présent, il avait été un employé modèle, un rouage efficace d'une entreprise, mais pour quelle finalité ? Il n'en avait rien retiré, et les années auraient pu continuer de s'écouler ainsi, dans le royaume frénétique du vide.

Néanmoins, si Éric aidait ses contemporains, il n'avait pas mesuré qu'il y avait un prix à payer pour cela. Il demeurait hanté par les histoires de ses patients, il emportait avec lui des parcelles de tragédie. C'était paradoxal, mais s'il fallait avoir de l'empathie pour mener une cérémonie, il fallait également garder quelque distance pour ne pas se laisser submerger. Il repensa à Yoon, son guide à Séoul, à sa présence tout à la fois investie et lointaine. Comment trouver cet équilibre-là ? Donner sans se perdre. Éric pensa à tous ces gens dont le quotidien professionnel est d'être au contact de la souffrance des autres. Il faut une grande force pour laisser derrière soi ce qui serre le cœur. Progressivement, les semaines et les mois passant, Éric arriverait à trouver la bonne distance, pour ne plus vivre en permanence sous la dictature de son empathie.

16

Ne pouvant plus conduire seul toutes les cérémonies, il se mit en quête de quelqu'un pour le seconder. Devait-il passer l'annonce : « Cherche H/F pour diriger des cérémonies d'enterrement fictif » ? Il imaginait déjà la loufoquerie des entretiens à venir. Il s'interrogea sur le meilleur profil à cibler. Il lui fallait s'entourer d'une personne ayant l'habitude de côtoyer la mort, un ancien employé de pompes funèbres, par exemple. Éric prit alors le métro jusqu'au Père-Lachaise, et entra dans l'une des boutiques longeant le cimetière. Une femme leva immédiatement vers lui un regard de compassion, par automatisme professionnel. En écoutant Éric, elle changea très vite : « Vous êtes à la recherche d'un ancien employé à la retraite, pour lui proposer un travail… » C'était un tic : avant de répondre, elle reprenait systématiquement les mots de son interlocuteur. Elle expliqua que son père venait d'arrêter de travailler : « C'est le bon Dieu qui vous envoie. J'ai repris l'entreprise familiale, mais il n'arrive pas à décrocher. Il me téléphone trois fois par jour pour me demander le nombre de réservations. À l'écouter, j'ai parfois l'impression de bosser dans un restaurant.

— …

— Il a eu quelques soucis de santé, et avec ma mère, on l'a poussé à arrêter, mais il s'ennuie… Qu'est-ce que vous proposez exactement ? »

Éric expliqua son projet à son interlocutrice, qui ne put masquer sa stupéfaction. Elle souffla que l'époque était de plus en plus folle, avant d'enchaîner : « La mort est une épreuve terrible pour les proches. Je suis bien placée pour le savoir, je suis née au milieu des enterrements, alors je ne vois pas vraiment l'intérêt de s'amuser avec ça. Si c'est une blague, elle est très mauvaise… » Éric la détrompa, précisant qu'il s'agissait d'une thérapie, mais elle continua de trouver l'idée complètement tordue. Elle accepta toutefois de donner le numéro de téléphone de son père ; cela lui ferait sûrement un divertissement.

Deux jours plus tard, Éric rencontrait Rafael Gomez, un homme chaleureux et souriant, arborant une petite barbichette qui lui donnait un air à la Don Quichotte. On sentait que, habitué à se tenir au côté des familles éplorées, il avait développé une nature puissamment empathique. Il écouta la proposition avec attention. Contrairement à sa fille, il comprit aussitôt la force de ce rituel. Plus que quiconque, il avait été témoin des modifications comportementales liées à la mort. Au bout de quelques minutes de conversation, il accepta de s'impliquer dans Lycoris. Il serait bien plus qu'un assistant, il allait apporter sa grande expérience au projet. Leurs premiers échanges furent des plus instructifs pour Éric. Rafael lui raconta de nombreuses histoires autour du deuil. Il avait organisé plus d'un millier d'enterrements[1] : « Tu sais, le plus surprenant pour moi était de recevoir des personnes qui venaient pour choisir elles-mêmes leur cercueil, tout comme elles iraient acheter une télé chez Darty. J'ai même vu des couples se disputer sur le budget. Bien sûr, s'ils faisaient ça, c'était par égard pour leur famille, pour leur faciliter la tâche le moment

1. Peu d'hommes avaient vu autant de larmes que lui dans leur vie.

venu… » Éric pensa qu'il y avait effectivement une forme de délicatesse à préparer ainsi son départ. Rafael continua de lui raconter des anecdotes, saugrenues parfois. Un homme avait choisi comme épitaphe : « J'ai enfin trouvé une place où me garer. » Certains cherchaient donc à laisser une trace amusante, considérant leur tombeau comme un dernier espace d'expression légère. Il évoqua des cérémonies qui s'étaient transformées en concert ou en spectacle comique. Il n'avait jamais oublié cette foule festive au moment où un acteur était descendu dans sa dernière demeure. Dans la même journée, il s'était retrouvé face à la douleur insupportable de parents qui avaient perdu un enfant. Il avait été confronté à toutes les façons humaines d'appréhender la mort.

17

Quelques mois plus tard, devant l'afflux des réservations, Rafael parlait d'ouvrir un deuxième salon. Il pourrait s'occuper de ce nouveau lieu, et son neveu viendrait le remplacer ici. Éric se sentait un peu dépassé par les événements. Si son intuition se révélait juste (les Français avaient besoin de cette thérapie), il n'avait pas anticipé un tel engouement. Plus encore, on commençait à lui proposer d'ouvrir des enseignes en province. Il allait devoir recruter de nouvelles personnes. Outre les relations de Rafael dans le milieu des croque-morts, Éric rencontra des psychologues. Ils étaient nombreux à s'intéresser à cette méthode atypique pour soigner la dépression. Éric eut l'idée, contrairement à ce qui se passait en Corée du Sud, d'instaurer un temps d'échange après la cérémonie, pour ceux qui le souhaitaient. Certains patients transfigurés par l'expérience devinrent de véritables ambassadeurs, renforçant encore la notoriété du rituel. Inévitablement, la presse commença à s'intéresser au phénomène. C'est le journal *Le Parisien* qui en parla le premier, avec ce titre accrocheur :

« TOUT LE MONDE VEUT MOURIR »

*

Interview (extraits)

LE PARISIEN : Comment vous est venue l'idée ?

É. K. : Lors d'un voyage à Séoul. Cette pratique est très courante là-bas.

LE PARISIEN : Pensez-vous que cette méthode soit efficace ?

É. K. : Elle a fait ses preuves. C'est une sensation très forte de se retrouver face à sa tombe, d'y lire son nom, d'y voir sa photo. Imaginez simplement cela. Vous vous mettez à penser : « Qu'ai-je fait de ma vie ? » De nombreux patients parlent de renaissance. Pour aimer pleinement la vie, il faut comprendre son autre face : la mort.

LE PARISIEN : Avez-vous vous-même essayé ?

É. K. : Bien sûr, et c'est justement parce que je l'ai vécu que j'ai voulu l'importer en France.

LE PARISIEN : Pensez-vous pouvoir empêcher la souffrance ?

É. K. : Non, certainement pas. Il arrive que certaines personnes en grande difficulté soient complètement insensibles au rituel. Mais de nombreux patients viennent nous voir simplement pour trouver une forme d'apaisement. Ils ne traversent pas forcément des états dépressifs ou dramatiques. L'expérience leur permet de relativiser beaucoup de choses.

LE PARISIEN : Pensez-vous que la période que nous traversons favorise le succès de Lycoris ?

É. K. : Peut-être. Jamais aucune époque n'a autant été marquée par le désir de changer de vie. Nous voulons tous, à un moment de notre existence, être un autre. Il y a un si grand désir de mourir et de renaître.

*

Éric ne se sentait pas très à l'aise avec la médiatisation. Après cette interview, il prit la résolution de ne plus en donner d'autres. Le bouche-à-oreille suffirait pour faire connaître la thérapie. On en parlait déjà au-delà des frontières. Il y eut un article dans *The Guardian*, et *El País* titra : « La mort à Paris. » Cette référence au film de Luchino Visconti, adapté du roman de Thomas Mann, lui donna envie de le revoir. Face aux images de la plage du Lido désertée, il revit son errance à Séoul ; il y avait là comme un écho entre ces deux rivages tristes. Éric avait été marqué par la phrase inaugurale de *La Mort à Venise* : « Celui qui contemple la beauté est déjà prédestiné à la mort. » Le héros, face à un jeune homme qu'il trouve sublime et divin, est comme condamné par sa fascination. Après une telle extase, plus rien ne peut exister. La mort et la beauté ne cessent de se répondre. Le slogan de Lycoris aurait pu être l'exact opposé : « Celui qui contemple la mort est déjà prédestiné à la beauté. »

18

Des franchises Lycoris ouvrirent dans les grandes villes de France. Comme en Corée, des entreprises se mirent à proposer la thérapie à leurs salariés. Dans certains secteurs particulièrement difficiles, on tentait ainsi de limiter les dépressions ou les arrêts maladie. On commença alors à évoquer la possibilité d'un remboursement partiel par la Sécurité sociale, mais cela heurta la partie rationnelle de l'opinion publique. Les mutuelles, en revanche, furent quelques-unes à se lancer. À Lyon, la nouvelle franchise proposa l'option « cérémonie en public ». Le patient pouvait inviter ses proches. Cela reposait sur le fantasme ancestral d'être le témoin de ses propres funérailles. On assista alors à toutes sortes de scènes improbables, tel cet homme reprochant à son épouse de ne pas l'avoir assez pleuré. « Mais enfin, tu n'es pas mort ! » avait-elle rétorqué, agacée. Si Éric avait donné son accord pour une simple expérimentation, il demanda qu'on arrête cette option qui détournait trop le principe initial. Lycoris n'avait pas été créé pour permettre de combler les fêlures des ego fragiles. Encore moins pour organiser des divertissements macabres. Malgré une équipe soudée autour de lui, il était difficile pour Éric de tout contrôler. Il ne s'attendait pas non plus à une autre conséquence de son succès. Sur Internet venait d'être lancée une pétition pour abaisser la limite d'âge. Jusqu'à présent, la cérémonie était interdite aux moins de dix-huit ans : il fallait une certaine maturité pour affronter une telle expérience. Mais de nombreux parents qui avaient ressenti les bénéfices du rituel voulaient le faire partager à ceux de leurs enfants dont ils ressentaient le mal-être. De plus en plus de jeunes étaient déprimés par la perspective sombre que représentait l'avenir de la planète, notamment face aux catastrophes climatiques. La nouvelle génération semblait également fragilisée par la puissance des réseaux sociaux. Plus que jamais, l'humanité se construisait dans le poison de la comparaison.

On vivait sa vie en regardant celle des autres, ce qui ne manquait pas d'accentuer le moindre sentiment d'échec personnel. Il devenait presque inévitable de se sentir inférieur ou misérable. Pas assez beau, pas assez riche, pas assez aimé, pas assez heureux. Tout pour transformer la jeunesse en un terrain de fragilité. Les adolescents devaient avoir accès à cette thérapie qui offrait la possibilité de relativiser les enjeux. La conscience de la mort n'était-elle pas le meilleur atout pour construire son avenir ? Le poids de la pétition fut tel que les mineurs furent admis à participer au rituel, avec l'autorisation de leurs parents.

Éric était encore loin d'imaginer toutes les conséquences du concept qu'il avait importé. Pour l'instant, il avait besoin de souffler. Les deux dernières années avaient passé si vite. Les jours s'étaient fondus les uns avec les autres pour ne former qu'une masse temporelle unique et filante. Pendant l'été 2023, il partit avec son fils pour un long voyage à travers les États-Unis. Sans le préméditer (l'ironie de la puissance de l'inconscience), ils avaient arpenté la vallée de la Mort. Zabriskie Point était l'un des endroits les plus chauds de la planète, avec une température avoisinant les cinquante degrés. Ils envoyèrent un selfie à Dominique. Depuis qu'elle avait accepté la proposition de son fils, au tout début de l'aventure, comme il l'espérait, leurs relations s'étaient doucement et progressivement normalisées[1]. Elle avait même fini par lui écrire, saluant son succès : « Ton père aurait été fier de toi. » Éric était

1. Un jour, elle lui avait téléphoné en lui demandant quelle était la capitale de la Papouasie Nouvelle-Guinée. Quand il avait répondu « Port Moresby », elle avait aussitôt raccroché. Cet échange infime, en écho au passé, offrait l'espoir que tout puisse reprendre comme avant.

resté prostré devant ce simple texto, tout comme il l'aurait été face à un miracle ou à n'importe quelle manifestation surnaturelle. Un peu plus tard, Dominique avait entrepris un long voyage en Pologne, sur les traces de la famille de Pavel. Ce qui aurait pu apparaître comme un périple dangereux, risquant forcément de raviver la douleur, fut au contraire la source d'un grand apaisement. Ce voyage tardif fut son antidote à la brutalité de l'accident. Elle trouva le chemin de sa consolation dans une banlieue de Varsovie. Figée devant l'immeuble des parents de Pavel, qui avaient eux aussi disparu depuis longtemps, il lui sembla alors que tout pouvait commencer. Elle avait sa solution à la souffrance : aller à l'origine de l'être aimé.

19

Isabelle avait parcouru le chemin inverse de celui d'Éric. Sa relation idyllique avec Marc avait fini par sombrer, après la période du Covid. Pendant de longs mois, ils s'étaient à peine vus. Quand elle rentrait chez elle, épuisée et hantée par des images parfois insoutenables, elle n'avait pas toujours d'espace mental à consacrer à son compagnon. Il avait fini par lui faire quelques reproches, qu'elle avait jugés malvenus, pour ne pas dire indécents. Elle avait vu là une attitude puérile, celle d'un enfant ne supportant pas que le monde ne tourne pas autour de lui. On avait parlé d'une grande vague de démission professionnelle, mais celle des ruptures avait été tout aussi conséquente. De nombreuses séparations puisaient leur source dans la révélation d'un nouveau désir. Isabelle avait commencé à trouver Marc superficiel. Ils se disputaient, ajoutant de la fatigue à la fatigue, se déchirant parfois sans savoir pourquoi. Puis ils se retrouvaient, dans l'illusion de s'aimer à nouveau. Avant qu'une nouvelle incompréhension vienne abîmer l'équilibre de leur amour fébrile. La décision de se quitter avait presque été un soulagement, après ce temps étiré de l'agonie. Isabelle appréciait de se retrouver seule le soir, sans être soumise à la tyrannie conjugale de la conversation. Elle se savait responsable de la fin de son histoire avec Marc. Pour la seconde fois, elle avait éprouvé le désamour. Elle avait l'impression de devoir vivre, quoi qu'il arrive, avec en elle comme un compte à rebours de la lassitude.

Tous deux célibataires à nouveau, Éric et Isabelle avaient retrouvé la connivence de leurs débuts. Hugo semblait clairement surpris par la tournure que prenaient les événements, si bien qu'il avait fini par demander à son père : « Tu crois que, maman et toi, vous allez vous remettre ensemble ? » Jamais Éric n'avait imaginé une telle possibilité. Mais, si elle existait dans l'esprit de son fils, c'était sans doute qu'elle prenait source dans certaines de leurs attitudes. À vrai dire, cela n'aurait pas été la première fois qu'un couple se reformait. C'était même une situation plutôt classique. On connaît déjà tous les défauts de l'autre ; l'histoire peut ainsi renaître, armée d'une nouvelle maturité. Éric avait éludé la question de son fils. Il appréciait de passer à nouveau du temps avec Isabelle. Ils avaient tant en commun, et elle avait chassé ses doutes quant à Lycoris. Elle était même émerveillée par ce qu'il avait accompli. Malgré leur rapprochement, ils évitaient les questions d'ordre sentimental. Isabelle se demandait pourtant si Éric entretenait des relations amoureuses. À vrai dire, depuis la fin de sa liaison chez Decathlon, il avait mis cette partie de sa vie entre parenthèses. La découverte de Happy Life puis la création de Lycoris avaient entièrement occupé son esprit. Il y avait trouvé une forme d'exaltation qui, en quelque sorte, paralysait sa libido. Bien sûr, cela passerait. D'ailleurs, à nouveau, il commençait à ressentir l'envie de partager ce qu'il vivait ; il lui arrivait de se sentir seul. Une femme, dont il avait conduit la cérémonie, était ressortie du cercueil dans un état d'excitation évident. La proximité de la mort engendrait assez souvent une pulsion érotique. Elle lui avait demandé s'il avait d'autres rendez-vous après. Comme il avait répondu par l'affirmative, elle lui avait proposé qu'ils se revoient un peu plus tard. Il s'était senti tenté, mais avait renoncé. Hors de question pour lui de coucher avec des patientes. Pourtant, cet épisode, et l'hésitation qui avait été la sienne, avait permis à Éric de se reconnecter à son désir. Il s'était inscrit sur une application de rencontres, et avait eu quelques brèves liaisons parfois plaisantes, mais trop dénuées d'affectivité.

20

Les conséquences du succès de Lycoris ne cessaient de surprendre Éric. Chaque parcelle de ce qui brille est déclinée jusqu'à l'absurde. Il trouva par exemple gênant que les Smart Box proposent un coffret pour une séance d'enterrement. Habituellement, on pouvait ainsi offrir des massages, des voyages, ou des repas plus ou moins gastronomiques, mais leur nouvelle Box intitulée « Rituel du cercueil » se vendait très bien. Tout comme sa version pour deux : « Rituel du cercueil – Formule duo». Les détenteurs appelaient Lycoris pour prendre rendez-vous. Éric ne pouvait empêcher quiconque de proposer ce type de forfait; il ne s'agissait pas d'un partenariat. Mais le pire était à venir: une chaîne YouTube lança une émission inspirée des programmes télévisés tels qu'*Un dîner presque parfait* sur M6 ou *Quatre mariages pour une lune de miel* sur TF1. C'est ainsi qu'une production à petit budget, cherchant sûrement à créer le buzz, lança le concept suivant: *Un enterrement presque parfait.* C'était la réplique exacte des contenus à base de cuisine ou de mariages, mais en proposant cette fois-ci de juger le rituel organisé par chacun des candidats. On notait ainsi la qualité de l'épitaphe, la rédaction de la notice biographique, le choix de la photo, et le discours des proches. Malgré l'humour noir du programme, de nombreuses protestations mirent fin à ce détournement.

Au-delà de ces écueils, Éric se rendait bien compte qu'il avait placé la mort au cœur de l'actualité. C'était là le bienfait de son entreprise. Peu à l'aise à l'idée de gagner de l'argent avec le mal-être de ses patients, il baissait progressivement le prix des séances, offrant même la gratuité dans de nombreux cas. Il avait accepté l'ouverture d'une dixième enseigne, à Rennes. Un cocktail fut organisé le jour de l'inauguration. Dominique était là, ainsi qu'Hugo et Isabelle. Éric avait également invité quelques anciens collègues de son père. Il en profita pour lui rendre un hommage. Cela lui fit beaucoup de bien de pouvoir ainsi parler de Pavel d'une façon douce et libérée. Un élu local prit la parole, félicitant cet «enfant du pays» pour son succès. Éric qui s'était si souvent senti égaré avait été touché par ces mots. Ils avaient en quelque sorte le pouvoir de transformer son évolution faite d'incessants zigzags en un parcours cohérent. Ce moment de joie simple marqua paradoxalement la fin d'un cycle. Il éprouva le sentiment d'être arrivé là où il devait être, et qu'il en était fini de cette étape.

Hugo, Isabelle et lui rentrèrent à Paris en voiture le soir même. Ils étaient à nouveau réunis, comme dans une réplique du passé. Quand il la déposa au pied de son immeuble, son ex-femme lui proposa simplement : « Tu veux dormir ici ? », avant d'ajouter aussitôt : « Tu dois être fatigué... » À travers cette remarque anodine, Éric eut l'impression que quelque chose d'autre se jouait. Cette complicité entre eux était-elle en train de déraper vers des retrouvailles ? Il ne pouvait nier qu'il adorait sa compagnie, et jamais il n'avait autant aimé une femme, mais la tournure des événements lui paraissait étrange. Isabelle avait peut-être fait cette proposition par simple politesse, sans la moindre arrière-pensée. À l'évidence, leur relation retrouvait ici ou là des instants d'ambiguïté, des incertitudes affectives. Éric répondit qu'il préférait rentrer chez lui, ce qu'Isabelle comprit. Au moment de se quitter, il lui proposa de se retrouver le lendemain soir pour dîner au restaurant. Ils iraient chez cet Italien qu'ils appréciaient. Hugo précisa qu'il ne viendrait pas, il avait prévu de dormir chez un copain. Ainsi, ils seraient tous les deux.

21

Une fois couché, Éric repensa à cette longue journée ponctuée d'émotions diverses. Sa mère lui avait envoyé un message pour le féliciter de son discours. Quand il avait parlé de son père, il n'avait osé la regarder dans les yeux, de peur d'être submergé par l'émotion. Au moment de s'endormir, il se sentit presque effrayé en constatant que tout allait mieux. Il voulait que les choses demeurent ainsi, rêvant de figer les éléments de sa vie réparée.

Le lendemain, arrivé tôt dans le local historique de Lycoris, Éric prit son café avec Rafael. Même s'ils ne travaillaient plus sur le même site, ils se voyaient tous les matins pour une sorte de réunion informelle. Malgré toutes les conséquences inattendues de l'aventure, l'Espagnol était toujours resté pondéré. Sa connaissance intime de la mort l'avait comme vacciné contre les risibles frénésies du terrestre. Éric pensait souvent à son errance autour du Père-Lachaise, à la justesse de son intuition quand il avait poussé au hasard la porte de cette boutique de pompes funèbres. Rafael était devenu le numéro deux du groupe. Pour un homme censé être à la retraite, il n'avait jamais autant travaillé. Mais il arrêterait bientôt, surtout pour faire plaisir à sa femme. Elle lui avait dit récemment : « J'ai envie qu'on fasse un grand voyage en Andalousie. On prendrait la voiture, on sillonnerait le pays. Cela fait cinquante ans que nous n'avons pas été tous les deux, juste tous les deux… » Il avait été sensible à la douceur de ces propos. Lui qui détestait l'idée d'être inactif devait prendre du temps pour eux. Inconsciemment, il avait toujours eu l'impression qu'en faisant ce métier il repoussait sa propre mort.

Juste avant d'accueillir sa première patiente, Éric reçut un message d'Isabelle : « Toujours bon pour ce soir ? » Il confirma le rendez-vous pour 20 heures. Il était surpris qu'elle lui ait écrit pour vérifier qu'il était toujours disponible. Si ça n'avait pas été le cas, il l'aurait forcément prévenue. Elle avait simplement eu envie d'échanger ; on a parfois besoin d'envoyer des mots gratuits ou inutiles pour le plaisir de ne pas rompre un lien plaisant. Il éteignit alors son téléphone. Il s'apprêtait à recevoir une femme d'une soixantaine d'années dont le fils était tombé dans la drogue. Malgré plusieurs cures de désintoxication, rien n'y faisait, il continuait de se détruire. Elle venait chez Lycoris à la fois pour tenter de s'apaiser, mais également pour comprendre de quoi il s'agissait. Puisque rien n'avait marché jusqu'à présent, elle voulait que son fils essaye cette possibilité. À vrai dire, fuyant quiconque lui proposant de l'aide, il ne viendrait jamais. Éric avait toujours besoin d'un peu de temps pour récupérer après une séance, comme pour se laver de la vie des autres.

Antoine, le neveu de Rafael, avait pris en charge les rendez-vous suivants. Ils se relayaient ainsi, pas toujours d'une manière établie, en fonction de leur ressenti, de leur fatigue ou de leur humeur. Éric avait prévu de s'occuper de l'ultime patiente de la journée. Cette dernière sonna à la porte à 17 h 45, comme convenu. Elle fut accueillie par Antoine, et conduite à travers le long couloir. De l'autre côté, Éric la vit apparaître, silhouette s'extirpant progressivement de l'ombre. Telle une effraction de la réalité, c'était bien Amélie Mortiers qui s'avançait vers lui.

TROISIÈME PARTIE

1

Après sa tentative d'explication avec Éric, Amélie était retournée dans sa chambre. L'attitude de son collègue lui demeurait incompréhensible, mais elle ne pouvait pas s'encombrer de ses états d'âme ; elle avait une mission à terminer. Elle était dotée d'une capacité rare : celle de scinder en deux son esprit[1]. Elle savait placer un mur entre le présent et ce qui parasitait le présent. Progressivement, elle chasserait la déconvenue pour se concentrer sur les rendez-vous à venir. Au moins, elle n'aurait plus à le croiser dans les couloirs de l'hôtel. Éric repartirait pour Paris. Leur relation s'achevait sur un épisode brutal et confus.

Elle avait passé sa journée au téléphone avec les membres de son équipe, avant de faire un point avec le secrétaire d'État : « Oui, tout s'est merveilleusement bien passé », avait-elle dit, avant d'ajouter par souci de saupoudrer un peu de vérité sur

1. Son côté Gémeaux peut-être.

le mensonge : « Enfin, je ne te cache pas qu'ils m'ont fait comprendre chez Samsung que les autres dossiers possédaient de grandes qualités. » Il fallait être politique. Laisser déjà planer l'idée que, si on perdait, ce n'était pas à cause de nos capacités moindres, mais de la flamboyance des concurrents. Il n'y avait aucune raison de ne pas la croire. Jusqu'à présent, elle avait fait preuve d'une telle compétence. Mais, en raccrochant, Amélie avait eu comme un doute. Elle avait trouvé son interlocuteur un peu bizarre, moins enthousiaste que d'habitude. Était-il au courant de ce qui s'était passé ? Quelqu'un lui avait peut-être rapporté le sabotage d'Éric. Qui dans son équipe aurait pu balancer l'information ? Mathilde, Luc, Malek ? Elle leur faisait confiance, ils étaient soudés. Mais l'un d'entre eux aurait pu utiliser cette information pour se faire bien voir. Les services des ministères ne manquaient pas d'intrigants. Oui, elle avait bien senti dans la voix du secrétaire d'État une pointe de distance. Il n'avait pas voulu l'enfoncer alors qu'elle était à l'autre bout du monde, et en pleine mission, mais elle savait qu'elle aurait des comptes à rendre dès son retour. Elle avait une telle haine contre Éric. Il aurait pu douter, fléchir, se révolter, mais tout seul. Quel besoin avait-il de l'entraîner dans sa chute ? Encore une fois, elle se dit qu'elle n'avait pas le temps de se laisser contaminer par la rage. Il fallait finir la mission, et c'était bien là l'essentiel. Peut-être faisait-elle simplement preuve d'une pointe de paranoïa ? Son responsable n'était au courant de rien ; les voix ont toujours l'air un peu étranges au téléphone, et plus encore à une telle distance. Elle avait peut-être interprété des silences dont seul l'éloignement géographique était responsable. Il fallait positiver. Tout irait bien. Son équipe était fidèle et loyale. Il n'y avait aucune taupe, et elle allait réussir. Samsung s'implanterait à Mulhouse, sa carrière en dépendait.

2

Quelques jours plus tard, elle était allongée dans son lit. Son mari s'était approché d'elle, presque sans y croire lui-même. Sans prononcer le moindre mot, elle avait fait un geste qui voulait dire non. « Je ne te comprends pas. Tu es partie une semaine, et tu ne veux pas qu'on fasse l'amour... » Elle se sentait épuisée, et n'éprouvait aucune envie. Cela faisait longtemps déjà qu'elle faisait semblant, mais là, avec tout ce qu'elle avait vécu, il lui était impossible de jouer la comédie. Pourtant, Amélie trouvait plutôt rassurantes les initiatives de son mari. Elle s'en sentait tout aussi soulagée qu'encombrée, dans l'un des nombreux paradoxes du désir. Il lui arrivait de penser : « Si seulement il pouvait prendre une maîtresse... » Elle qui avait été d'un tempérament si jaloux lors de leurs premières années n'en revenait pas de rêver à cette option. Elle n'avait envie que d'une chose : évacuer l'aspect sexuel de leur couple. Faire l'amour devenait une tyrannie de plus en plus oppressante. D'ailleurs le verbe « faire » conférait presque à l'acte la connotation d'une tâche domestique à accomplir, entre faire le ménage et faire les devoirs avec les enfants. Même un furtif baiser sur la bouche lui demandait un effort, désormais. Pourtant, sa libido n'était pas en cause. Elle ne s'était jamais autant masturbée. Plus elle avait de responsabilités, plus elle avait besoin de se détendre par la jouissance. Lors de son aventure extraconjugale, elle avait fini par admettre qu'elle avait besoin d'éprouver des sentiments pour faire l'amour. Sur ce point précis, elle avait évolué. Amélie rêvait à présent d'un acte sexuel avec un inconnu. Ses fantasmes reposaient sur des scénarios simples. Un homme l'aborderait dans un bar et, après quelques échanges, ils iraient à l'hôtel. Quelque chose d'intense et d'un peu brutal au début qui déraperait vers le doux. « Tu ne me réponds pas ? » avait demandé à nouveau son mari. « Pardonne-moi, je suis tellement fatiguée... Tellement... Avec le décalage horaire en plus... Demain, c'est promis... » Par le passé, Amélie n'avait jamais agi ainsi. Par ambition pour son couple, elle ne se laissait pas aller à une quelconque paresse érotique. Il fallait être un couple actif et épanoui ; tout devait être parfait.

Désormais elle n'irait plus contre son désir. Cette décision l'inquiéta, mais sans excès. Un couple peut-il survivre sans faire l'amour de manière régulière ? Peut-être aurait-elle dû interroger son entourage, questionner les autres sur leurs parades à l'usure du temps. Mais bon, elle ne se voyait pas, en plein cœur d'une réunion, demander aux membres de son équipe : « Et vous, alors ? À quelle fréquence couchez-vous avec votre partenaire ? » Au fond, la réponse ne lui importait pas tant que ça. La vie des autres commençait à perdre de son importance à ses yeux. Pouvait-elle agir comme Éric ? Tout quitter sans se soucier de rien. Penser à soi, et rien qu'à soi. Elle dirait alors à son mari : « Je n'ai plus envie de faire l'amour avec toi. Je ne te désire plus. Va voir ailleurs si tu veux. » Après tout, elle était fatiguée de porter leur couple. Qu'avait fait Laurent toutes ces années ? Il était un bon père, d'accord. Mais fallait-il lui donner une médaille pour ça ? Il avait clairement sa part de responsabilité dans ce qu'elle éprouvait maintenant. Elle s'endormit avec le sentiment de ne plus l'aimer.

3

Au réveil, les filles semblaient heureuses de voir leur mère, même si pour une fois elle n'avait pas pris le temps de leur rapporter de cadeau. « Allez vous préparer, on va à la piscine… », annonça leur père. Il avait une telle capacité à organiser les activités. Amélie venait de retrouver sa famille, pourtant, elle n'avait qu'une envie : rester au lit, seule. Elle pouvait compter sur Laurent ; ses pensées de la veille avaient été excessives. Elle se sentait tout de même très attachée à son mari, à leurs souvenirs, à ce qu'ils avaient construit. Elle ne s'imaginait pas sans lui. Et encore moins dans un rythme « une semaine sur deux » avec les enfants. Certes, elle aurait souhaité pouvoir l'admirer davantage. Après l'échec de son premier roman, *Le Désespoir des huîtres*, il avait renoncé à l'écriture. Il riait de son naufrage commercial, avec une décontraction assez plaisante. Amélie, pour qui la réussite sociale était à placer au sommet des joies humaines, avait eu du mal à saisir la volte-face de son mari. Elle aurait été mortifiée par une telle humiliation. Après une année sabbatique consacrée à écrire, il avait repris à la rentrée précédente son poste de professeur de français. Il s'y sentait complètement épanoui, et parlait avec entrain de ses élèves. Il arrivait à Amélie de décrocher quand Laurent évoquait le comportement d'un Matéo ou les notes d'une Iris ; à ses yeux, c'était nettement moins intéressant que ses péripéties gouvernementales. Avec le recul, elle s'en voulait. Il y avait une vraie beauté à s'investir passionnément dans ce que l'on fait. Elle devait moins juger, arrêter de tout voir à travers le prisme de son propre caractère et de son ambition. Les filles insistèrent pour qu'elle vienne aussi à la piscine, et elle finit par accepter. Ils partirent tous les quatre telle une belle famille.

4

Le lundi matin, Amélie passa dans le bureau d'Éric pour s'assurer de son absence. Son comportement avait été si imprévisible que tout était possible. Elle dit à son assistant : « Surtout, s'il repasse prendre ses affaires, préviens-moi. Je ne veux pas avoir à le croiser. » Pour la plupart des membres du service, Éric était en arrêt maladie. À vrai dire, elle s'angoissait pour rien : non seulement nul ne ferait fuiter l'épisode catastrophique de Séoul, mais tout le monde oublierait vite ce collègue. Pendant son passage, Éric n'avait pas noué de relations amicales avec quiconque, demeurant une sorte d'électron libre simplement rattaché à elle. Il serait remplacé par un candidat proposé par les ressources humaines, une recrue on ne peut plus classique. Amélie aurait à peine le temps de travailler avec lui ; tout allait brutalement s'arrêter.

L'arrivée du Covid frappa particulièrement son service, anéantissant tous les échanges avec l'étranger, mettant sur pause les projets en cours. Quand les choses commencèrent à devenir franchement inquiétantes, le secrétaire d'État organisa une réunion d'urgence. « À présent, tout tourne autour de la crise sanitaire… », annonça-t-il sans grande surprise. Il avait été informé de l'éventualité d'un confinement total et de la fermeture des écoles. En tout cas, c'est ce qu'il laissa entendre. Amélie se sentait comme paralysée par cette perspective. Elle se voyait déjà passer des journées entières enfermée, à s'occuper de ses filles. Et c'est exactement ce qui se passa. Elle avait conscience de ne pas être la plus à plaindre, vivant dans un appartement d'un peu plus de cent mètres carrés. Cela ne l'empêchait pas de jalouser quiconque possédait un bout de nature ou même un balcon. Eva et Ana avaient respectivement huit ans et douze ans, deux âges difficiles à concilier dans une même énergie. Dès les premiers jours, Amélie comprit qu'elle n'allait pas supporter ce nouvel état des choses. Il fallait s'organiser avec Laurent, mais il était lui-même fort occupé à assurer ses cours par Zoom. Elle n'avait pas le choix. Le plus difficile était de gérer Ana qui, au rivage de l'adolescence, vivait comme un supplice cette condamnation sanitaire. Elle passait son temps au téléphone et sur les réseaux, seule façon pour elle de maintenir un semblant de vie sociale. Amélie s'agaçait que sa fille ne se montre pas plus vive, et plus impliquée dans les devoirs qu'elle avait à faire. Cette impatience dégénérait souvent en disputes, imprégnant tout le foyer d'une ambiance maussade. Le soir, Amélie se confiait à son mari : « Je ne vais pas tenir comme ça… Tu as vu comment elle me parle ? » Laurent constatait la lourdeur de l'atmosphère, mais ne savait que faire pour remédier à ce dysfonctionnement relationnel. Il lui arrivait de prendre seul les filles lors de la promenade quotidienne autorisée, pour permettre à Amélie de souffler. Quand venait son tour, elle en profitait pour faire les courses avec empressement. Jamais elle n'aurait cru qu'une demi-heure à Auchan puisse presque avoir le goût de l'extase.

5

Si Amélie continuait de participer à de nombreuses réunions par Zoom, le rythme de travail s'était considérablement ralenti. Elle en venait à regretter d'être au Commerce extérieur et non à la Santé. Pour pouvoir s'occuper des filles, elle plaçait ses rendez-vous importants en fin d'après-midi, quand Laurent avait terminé ses cours. Mais cette organisation ne pouvait pas durer. Heureusement, Justine était disponible; il n'y avait pas d'enseignement à distance en fac de lettres. Cette voisine était devenue, au fil du temps, leur principale baby-sitter. Elle faisait un peu plus que son âge; sa maturité jouait aussi beaucoup. On sentait qu'elle avait dû vivre quelque expérience douloureuse qui lui avait donné accès à une compréhension accrue du monde. D'entrée, elle saisit que le contexte du confinement modifiait la situation: elle ne venait pas garder les filles, comme à son habitude, après l'école ou en soirée; elle débarquait en véritable sauveteuse, chargée d'éviter le naufrage d'un radeau familial en perdition. Immédiatement, son arrivée modifia l'ambiance dans l'appartement. Justine aidait à tour de rôle Eva et Ana pour les devoirs, puis jouait avec elles en fin de journée. Quand elle partait, le soir, la famille se retrouvait avec plaisir pour dîner et voir un film. Tous chantaient les louanges de cette envoyée miraculeuse.

Amélie observait la jeune femme avec une pointe d'admiration. Cela la renvoyait à ses dix-huit ans, quand elle était arrivée à Paris pour ses études. Elle aussi avait fait un peu de baby-sitting pour subvenir à ses besoins. Amélie tentait de toucher du doigt les souvenirs de cette époque ; mais ils lui paraissaient si lointains. Quelques mois après son installation, elle avait entamé une histoire avec un homme plus âgé rencontré dans un bar. Il venait de divorcer et semblait prendre beaucoup de plaisir avec elle. Amélie avait adoré cette période insouciante et érotique. Cet amant lui apprenait tant de choses ; elle aimait leur différence d'âge. Pourtant, assez rapidement, elle s'était rendu compte que les choses ne pourraient pas devenir sérieuses avec lui ; il enchaînait les aventures. Elle ne regrettait rien de ce premier amour, et y pensait parfois. Cette plongée vers le passé l'avait poussée à s'intéresser à Justine :

« Comment te sens-tu en ce moment ?

— Ça va. J'ai juste envie de reprendre ma vie d'avant, comme tout le monde.

— Et ton copain ? avait-elle demandé subitement.

— Quel copain ?

— Je ne sais pas. Je me dis que tu dois avoir… un amoureux.

— Ah non… pas en ce moment. »

Il y eut un moment de gêne. Justine avait été surprise par le caractère direct de la question. Elle n'avait pas été habituée à cela avec Amélie. Certes bienveillants, la plupart de leurs échanges se limitaient à des directives concernant les filles. Ce hors-piste plus personnel avait de quoi surprendre. Mais après tout, ils vivaient ensemble ce confinement. Il n'y avait rien de choquant à vouloir se connaître davantage. La conversation reprit aussitôt un tour plus classique, et on se souhaita une bonne soirée.

Un peu plus tard, Amélie observait Laurent, qui était en train de lire dans le lit. Elle pensa fugitivement : « Il a l'âge de l'homme avec qui j'étais à dix-huit ans. Pourrait-il être séduit par une fille comme Justine ? » Si elle lui posait la question, il répondrait forcément que c'était une gamine. Et effectivement elle n'imaginait vraiment pas son mari avec quelqu'un d'aussi jeune. L'idée lui était simplement passée par la tête, comme ça, en repensant à sa première histoire. Une part d'elle se revoyait en Justine, c'était presque douloureux. Elle avait la nostalgie de cette période où tout paraissait possible, où le désir de liberté n'était jamais un risque.

6

Le ralentissement de son activité professionnelle oppressait Amélie. Elle envoyait des mails à ses collaborateurs pour ne rien dire, parfois, organisait des réunions pour parler de projets à venir devenus pourtant incertains. Heureusement, les dernières nouvelles étaient réconfortantes ; les écoles allaient bientôt rouvrir, selon ses sources. De nombreux employés continueraient en télétravail, mais Amélie reprit avec soulagement le chemin de Bercy. En retrouvant son bureau, elle éprouva un sentiment de résurrection. Les sept semaines précédentes lui avaient paru durer une éternité. Elle passa une partie de la matinée avec le secrétaire d'État pour établir les chantiers prioritaires. Ils firent, dans un premier temps, la liste des contrats en cours, examinèrent dans quelle mesure ils pourraient redémarrer les négociations. Naturellement, le projet de Samsung d'implanter une nouvelle usine en Europe était reporté sine die. Lors de ce rendez-vous, elle ne put s'empêcher de lire une pointe de désintérêt dans l'œil du secrétaire d'État.

Début juin, les écoles rouvrirent, dans une forme d'euphorie générale. On en oubliait presque les dizaines de milliers de morts causées par la pandémie. Si la situation demeurait fragile, chacun se focalisait sur la promesse d'un été de liberté. Il était toujours impossible de voyager en avion, ce qui laissait le commerce extérieur au dernier rang des préoccupations présidentielles. Amélie retrouva avec entrain la vie politique, mais fut saisie d'angoisse en entendant les premières rumeurs d'un remaniement. Macron voulait rompre avec la séquence Covid. Il était probable que ceux qui l'avaient incarnée soient écartés. Amélie pensa immédiatement à son secrétaire d'État. Était-ce pour cela qu'il avait paru distant ? Il évoqua la situation avec décontraction : « Effectivement, on parle d'un nouveau gouvernement. Mais a priori on ne bougera pas… » Il avait coupé court à la conversation, prétextant des appels à passer. Pourquoi avait-il dit « a priori » ? Cela signifiait clairement qu'une discussion était en cours, peut-être même une négociation, et qu'il ne lui faisait pas assez confiance pour lui en dire davantage. Depuis trois ans, elle s'était engagée pleinement à ses côtés, au point de ne pas suffisamment développer ses réseaux personnels. Sans compter que, à force de voyager, elle s'était écartée de certains cercles parisiens. Elle devait être confiante. Il en était toujours ainsi quand on sentait que l'exécutif allait agir. Ça s'agitait dans tous les sens. Elle en oubliait presque qu'elle avait une relation directe avec le président. Mais impossible de le déranger pour partager ses angoisses. À vrai dire, elle avait raison de s'inquiéter ; le scénario du pire se préparait.

Un nouveau Premier ministre fut nommé. À la surprise générale, il s'agissait d'un certain Jean Castex. Amélie ne l'avait jamais rencontré et savait à peine qui il était. Le secrétaire d'État la convoqua alors pour lui annoncer qu'il changeait de fonction ; on lui offrait un véritable ministère. Elle le félicita, mais attendait surtout de savoir ce qui allait lui arriver, à elle. Après un silence, et avec un regret qui semblait feint, il annonça : « Toute l'équipe reste en place là-bas. Je ne peux pas te prendre avec moi… » Il enchaîna quelques phrases sur le bonheur d'avoir travaillé avec elle : des louanges en préfabriqué. Enfin, il lui dit de ne pas s'inquiéter. Le nouveau secrétaire d'État, Franck Riester, la garderait probablement. Mais là non plus les choses ne se passèrent pas comme prévu. Ce dernier rejoignait le Commerce extérieur avec sa propre équipe, et son directeur de cabinet. Ainsi, en quelques heures, elle sut qu'on ne l'emmenait pas, et qu'on ne la gardait pas. Elle était évincée avec brutalité.

En arrivant chez elle, Amélie ne souhaitait qu'une chose : s'écrouler. Elle demanda à Justine de rester un peu plus tard. Elle expliqua rapidement la situation à Laurent ; il fut adorable, comprit qu'elle voulait rester seule. Elle reçut des messages de ses collaborateurs. Habituellement si prompte à sauver les apparences, elle n'avait pas la force de leur répondre. Certains s'interrogeaient aussi sur leur avenir, naturellement. Amélie, tout entière focalisée sur sa propre chute, était incapable de penser à eux. C'était le 8 juillet, l'été était là, et chacun savait que plus rien ne bougerait. Le secrétaire d'État lui avait tout de même promis qu'il ne la laisserait pas tomber. Sûrement préoccupé par ses nouvelles fonctions, il ne lui donnait plus de nouvelles. Ne lui restait qu'une seule option : Emmanuel Macron. Amélie lui envoya un texto pour lui faire part de sa situation, auquel il répondit dans l'instant : « Ne t'inquiète pas. On va te trouver quelque chose. Je t'embrasse, E. » Ce message la réveilla subitement : elle savait qu'il tenait toujours parole. Pourtant, les jours s'enchaînèrent sans le moindre signe ; son téléphone ne sonnait plus. Elle avait été éjectée, humiliée.

7

L'été passa, et rien ne se passa. Amélie se laissait aller, restant des journées quasi entières dans son lit, arguant qu'elle était en train de réfléchir ou d'écrire, alors que le vide l'envahissait. Quand ses filles frappaient à sa porte, Laurent disait : « Laissez maman, elle a besoin de se reposer. » Elle qui avait été si vaillante depuis toujours vacillait. Ils avaient loué une maison en Normandie pour la première quinzaine d'août, et la première chose à laquelle Amélie pensa fut : « Il faut que Justine vienne avec nous. »

La maison était simple et charmante. Après des mois d'enfermement, cela faisait tant de bien de respirer. La chambre parentale se situait au premier étage. Par la fenêtre, Amélie observait Justine qui courait avec les filles, et toutes trois riaient. Cette vision paradisiaque contrastait avec son mal-être. Elle descendait alors pour s'asseoir à l'ombre d'un arbre, et attendait qu'on lui apporte des fleurs. Quand les filles rentraient pour regarder la télévision, Justine s'allongeait dans l'herbe avec un livre. Elle faisait des études de lettres pour devenir professeure, disait-elle, mais il suffisait d'aller faire un tour dans sa chambre pour y découvrir des cahiers griffonnés de pensées et de rêveries ; elle voulait écrire, c'était une évidence. Ses auteurs préférés étaient Kundera, Kafka et Dostoïevski. « Je n'aime que des écrivains qui ont un K dans leur nom », avait-elle affirmé un jour en souriant. Ce à quoi Laurent avait répondu :

« Tu ne risques pas de lire *Le Désespoir des huîtres*, alors...

— À vrai dire, je l'ai lu.

— ...

— Et je n'osais pas trop vous en parler, mais j'ai beaucoup aimé. »

Amélie avait assisté à cette discussion. Elle n'avait jamais vu son mari aussi radieux. Que Justine ait eu la curiosité de le lire, c'était comme s'il venait de vendre trois millions d'exemplaires. Amélie trouvait cela ridicule. Pourtant, la réaction de Laurent était naturelle. Il était simplement question de bienveillance à l'égard d'un roman que tant de gens avaient semblait-il méprisé. L'attention de cette jeune fille l'avait profondément touché ; et cette façon discrète d'avoir lu le livre sans le dire le ravissait. Justine avait continué à en parler, et lui avait posé des questions sur l'intrigue, les personnages, avant de l'interroger : « Est-ce que vous en écrivez un nouveau ? » Laurent n'osa pas répondre qu'il avait renoncé. Il lança alors un regard à sa femme, chercha ses mots un instant, et voici ceux qui sortirent de sa bouche : « Oui, je vais m'y remettre. »

Au moment de se coucher, juste avant d'éteindre la lumière, Amélie demanda : « Tu vas vraiment écrire à nouveau ? » Laurent répondit : « Je ne sais pas. Peut-être. En tout cas, tu ne m'y as jamais vraiment encouragé… » Il éteignit sa lampe de chevet sur cette dernière réplique. L'échange anodin avec Justine avait visiblement réveillé quelques amertumes littéraires. En son for intérieur, Amélie admit qu'il n'avait pas tort, qu'elle n'avait jamais pu se défaire de cette conviction profonde : Laurent n'avait pas assez de talent pour qu'elle le pousse dans une voie qui risquait d'être une impasse. Avait-elle manqué d'empathie ? Ces quelques mots échangés avant de dormir prenaient subitement l'allure d'un cadavre qu'on déterre. Amélie avait sous-estimé la blessure éprouvée par son mari. Incapable de trouver le sommeil, elle partit chercher un somnifère dans sa trousse de toilette. Le lendemain, quand elle se réveilla, la maison était silencieuse. Sur la table de la cuisine, elle découvrit un mot expliquant qu'ils étaient partis tous les quatre faire une promenade en forêt, et qu'ils avaient préféré la laisser dormir. Ce qui avait été un acte attentionné fut perçu par Amélie comme un rejet. Elle pleura longuement ; pour la première fois, des larmes accompagnaient son désarroi. Depuis des semaines, elle avait enchaîné les jours dans un hébétement aux yeux secs. À leur retour, les filles découvrirent leur maman dans un état évident de vulnérabilité ; elles se précipitèrent vers elle pour l'enlacer. Amélie se leva d'un coup : « Mais moi aussi, je veux aller me promener ! Montrez-moi ! »

8

La suite des vacances se déroula sans encombre. Amélie s'efforça d'oublier ses angoisses professionnelles, même si elle n'arrivait pas vraiment à décrocher de son téléphone. Chaque jour, elle espérait des nouvelles ; en plein mois d'août, c'était parfaitement illusoire. Elle entama la rédaction de nombreux textos pour relancer le président, sans jamais les envoyer. Ce n'était pas à elle d'agir ; elle ne devait pas se rabaisser à ce point-là ; si on la voulait, on la contacterait. « Je ne veux plus jamais me retrouver dans cette position dégradante de l'attente », pensait-elle, alternant les moments de colère et de résignation. Un état d'esprit qu'elle préférait garder pour elle. Quand Laurent lui posait des questions, elle répondait : « Ça va mieux... » Amélie repensait souvent à cette discussion dans le lit, au fait qu'elle ne l'avait pas assez soutenu et encouragé. Ce reproche avait pris l'allure, presque malgré eux, d'une destination finale. Ces vacances qui auraient pu être celles des retrouvailles devenaient chaque jour davantage celles de la séparation. Tout paraissait pourtant si calme, sans la moindre acidité émotionnelle. Il arrive qu'on se quitte tout comme on meurt paisiblement en plein sommeil.

En rentrant à Paris, Amélie suggéra qu'ils aient une discussion. Elle commença :

« Je suis désolée de ne pas avoir été très présente pendant les vacances.

— Ne t'inquiète pas pour ça. Je sais que c'est une période difficile...

— Et je m'excuse aussi de ne pas t'avoir assez soutenu... avec ton roman.

— Tu n'y croyais pas, ce n'est pas grave.

— Non, on ne peut pas dire ça. Je...

— Quoi ?

— Je ne sais pas. Nous nous sommes éloignés. Peut-être

que je t'en voulais de ne rien m'avoir fait lire avant. De ne plus rien partager avec moi…

— Cela ne t'intéressait pas.

— Non, ce n'est pas vrai.

— Tu es ailleurs. Ça fait longtemps que tu es ailleurs. Et on cohabite tous les deux pour les filles, tu le sais très bien… »

Amélie ne sut que répondre. Elle ne se sentait pas le courage d'affronter des mots définitifs. Pas maintenant. Elle était trop perdue pour admettre que c'était la fin de leur couple. Peut-être pourraient-ils se battre pour le sauver ? Tout paraissait si incertain désormais. Mais il avait raison : elle était ailleurs. Depuis longtemps elle avait déserté le territoire de leur histoire.

Alors qu'Amélie commençait à trouver une forme d'apaisement, elle reçut enfin un appel d'Alexis Kohler, le secrétaire général de l'Élysée. Elle qui avait passé l'été rivée à son téléphone manqua l'instant fatidique. En découvrant l'origine de l'appel en absence, elle resta figée devant son portable. Que devait-elle faire ? Rappeler aussitôt pour montrer sa réactivité ? Mais elle passerait pour une affamée professionnelle. Ne valait-il pas mieux montrer un peu de distance ? Après tout, on ne lui avait pas donné la moindre nouvelle pendant des semaines. Mais rappeler la démangeait. Elle voulait tant savoir. Si Alexis avait téléphoné en personne, c'était sûrement pour lui proposer d'intégrer l'équipe présidentielle. Oui, c'était forcément cela. Pourquoi avait-elle tout vu en noir ? Ils avaient pris le temps de réfléchir à ce qu'ils pouvaient lui proposer. Et puis, la situation sanitaire demeurait si compliquée. Il était difficile de se projeter dans un avenir qui risquait d'être à nouveau parasité par le Covid. Tout de même, elle ne pouvait pas oublier la façon avec laquelle on l'avait laissée tomber. Dans la frénésie du remaniement, cela avait été chacun pour soi. Au bout de trente minutes[1], elle rappela Alexis. Ce dernier décrocha aussitôt, tout en s'excusant de ne pas pouvoir lui parler. Elle dut attendre encore quelques minutes, entendant les échos lointains d'une discussion à travers l'appareil resté en ligne. Il lui sembla percevoir la voix du président. Quelque chose vibra à nouveau en elle, immédiatement. Son cœur battait ; c'était là où elle rêvait d'être. Enfin, Alexis lui parla :

« Excuse-moi, c'est un peu la course en ce moment.

— J'imagine.

— Je sais que ça n'a pas été facile pour toi. Les choses se sont mal goupillées. Mais avec Emmanuel, on ne t'a pas oubliée.

— …

— Avec la crise, les musées nationaux traversent une période très difficile. Il nous faut quelqu'un qui se charge du mécénat. Tu connais beaucoup d'entreprises étrangères qui investissent volontiers dans la culture française. C'est un job passionnant. Tu en penses quoi ?

— Oui, j'imagine.

— Parfait. Je donne ton numéro au cabinet de Bachelot. C'est en lien avec la Culture. Et on se voit vite. »

La conversation n'avait pas excédé une minute. Et Alexis Kohler n'avait pas été très clair en évoquant ce qu'on lui proposait. Amélie ne savait trop que penser. D'un côté, ils ne l'avaient pas oubliée ; de l'autre côté, il ne s'agissait pas

1. Un temps qu'elle estima parfaitement placé à mi-chemin entre l'urgence et la patience.

de l'Élysée mais d'un poste au ministère de la Culture. Elle se laissa finalement envahir par la déception. Elle rumina pendant une heure : « Même pas un rendez-vous, un coup de fil expédié en trois phrases, tout ça pour un emploi sans le moindre enjeu… » Elle était persuadée d'être calibrée pour intégrer le clan des conseillers de la Présidence, et voilà qu'on lui proposait de végéter dans les limbes du pouvoir. Amélie se sentait écartée du cœur de l'action. Persuadée que Macron se représenterait en 2022, elle s'était imaginée dans son équipe de campagne ; puis chargée de hautes responsabilités lors du second mandat. Il fallait faire le deuil de ce fantasme. Au bout d'un moment, elle retrouva son calme. De toute façon, avait-elle vraiment le choix ? Elle n'avait pas d'autre option. Et si elle disait non, c'était clairement un renoncement à son engagement. Elle avait surtout été heurtée par la manière dont les choses avaient été annoncées ; elle aurait voulu un tout petit peu plus de considération. Après tout, elle s'était démenée pendant trois ans, sacrifiant tant de sa vie personnelle. Elle garderait pour elle sa déception, et présenterait à son entourage ce nouveau poste comme une excellente impulsion à sa carrière. Il fallait sauver la face, quoi qu'il en coûte.

9

Son état d'esprit allait vite évoluer. Chercher des partenariats pour permettre aux musées de survivre était bien une mission passionnante. En lui confiant cette tâche, ils ne s'étaient pas trompés. Elle avait effectivement développé un impressionnant carnet d'adresses auprès des plus grandes entreprises mondiales. En cette année particulièrement brutale, où l'on n'avait cessé de parler de ce qui était essentiel et de ce qui ne l'était pas, elle avait fini par mesurer l'importance de cette nouvelle orientation professionnelle. Elle allait ainsi prendre en charge la plupart des musées nationaux à Paris, parmi lesquels le musée d'Orsay, le Louvre, le musée national d'Art moderne du centre Pompidou, le musée Rodin, le musée Picasso, le musée Gustave-Moreau, et tant d'autres. Après les mois de fermeture, et le tourisme à l'arrêt, toutes ces institutions culturelles étaient au point mort. À l'évidence, l'État ne pouvait pas tout prendre en charge. Plus que jamais, la recherche de fonds privés était un enjeu majeur; Alexis lui avait d'ailleurs envoyé un SMS pour son premier jour en lui disant qu'on lui confiait «la vitrine de la France». Toujours cette façon de flatter les ego. Mais il n'avait pas tort, les musées attiraient un tourisme qui alimentait tout un pan de l'économie. De plus en plus, on faisait appel à des fonds privés pour financer le patrimoine. En se penchant sur le sujet, Amélie fut par exemple surprise de découvrir que le Met de New York vivait entièrement grâce à des donations. Si beaucoup d'entreprises françaises investissaient dans la culture (avec bien sûr une défiscalisation à la clé), c'était devenu insuffisant. Il fallait chercher des aides à l'étranger. Depuis de nombreuses années déjà, des pays comme le Qatar et l'Arabie saoudite assuraient la survie de plusieurs institutions françaises. C'était toujours bénéfique en termes d'image. Par ailleurs, il y avait quelques avantages prestigieux comme la possibilité de bénéficier de visites privées. Les mécènes adoraient offrir à leurs clients ces moments privilégiés. Amélie s'attacherait à motiver les donateurs en leur permettant de vivre des instants inoubliables. Moyennant finances, n'importe qui pourrait dîner en tête à tête avec la Joconde.

Si les premiers mois furent compliqués par un nouveau confinement, puis une reprise frileuse du tourisme, l'été 2021 s'annonçait clairement comme un renouveau. Amélie se remit à voyager, réactivant certains de ses contacts, notamment aux États-Unis. Mais son rythme de travail était nettement moins intense qu'au temps du Commerce extérieur. Elle pouvait gérer son emploi du temps comme elle le souhaitait. En somme, ce fut une année plutôt apaisée. Y compris quand Laurent et elle décidèrent d'entériner leur séparation. Ayant opté pour deux appartements plus petits dans le même quartier, ils restaient très proches. Eva et Ana avaient parfaitement accepté la situation, le divorce étant dans l'ordre des choses modernes. Justine continuait de s'occuper des filles certains soirs, tout en travaillant dans une librairie le week-end. Un nouvel équilibre avait ainsi pris forme. Pendant sa semaine de garde, Amélie s'arrangeait pour rentrer tôt la plupart du temps. Elles dînaient enfin toutes les trois. Et elle avait invité les classes d'Eva et d'Ana au Louvre un mardi, jour de la fermeture. Les enfants avaient apprécié cet incroyable privilège. Les filles étaient fières de leur maman, qui possédait en personne les clés de tous les musées. Amélie en éprouvait une réelle satisfaction. Elle se sentait mieux dans son rapport avec ses enfants, plus calme, plus à l'écoute. Étrangement, la séparation d'avec Laurent lui avait permis de mieux définir son rôle de mère. Auparavant, il prenait trop d'espace, parlait avec assurance et même autorité, comme s'il avait raison sur tous les choix éducatifs. C'était un très bon père, très investi et très aimant, mais elle comprenait à présent que son attitude avait fini par la faire fuir ; il lui était arrivé de se sentir inutile.

Pour la première fois, Amélie avait passé plusieurs mois sans homme dans sa vie. Entre son nouveau travail et son implication maternelle, cela n'avait pas été une priorité. Il lui semblait que Laurent avait retrouvé quelqu'un, mais c'était un sujet tabou. Tant qu'il ne présentait personne aux filles, cela le regardait. En réalité, elle espérait son bonheur et son épanouissement ; elle prenait soin de lui demander de temps à autre s'il écrivait. « Oui, ça avance… », répondait-il, sans jamais rien dévoiler du projet en cours. « Parler d'un roman alors qu'on l'écrit, c'est comme ouvrir la fenêtre ; on prend le risque que les idées s'échappent », avait-il ajouté. Amélie avait été incapable de saisir la tonalité de cette phrase. Y avait-il une pointe d'humour ? Était-ce sérieux ? Ne voulant surtout plus le vexer, elle reconnut qu'il disait juste, et elle l'encouragea à nouveau. D'une manière générale, elle évitait tout ce qui pouvait perturber les contours d'une relation paisible. Leurs échanges étaient empreints de diplomatie. On aurait dit qu'ils tentaient de réussir par la séparation ce qu'ils avaient raté dans le mariage.

10

Quelques mois plus tard, Amélie commença à éprouver un manque, sans être toutefois capable de le définir précisément. Quelque chose entre le besoin de tendresse et l'envie de partager son quotidien. Elle se sentait seule dans la narration d'elle-même. Plusieurs fois, elle avait effleuré des éventualités affectives, avant de s'en écarter. La plupart du temps, il s'agissait d'amateurs d'art, de collectionneurs ou de directeurs de musée mais elle ne se sentait pas prête. Et puis, au cours de l'été 2022, elle rencontra un Américain prénommé Ben. Fils d'un industriel texan, il était chargé des activités philanthropiques de la société familiale. Pendant longtemps, son rôle avait consisté à faire des donations essentiellement aux hôpitaux et aux écoles. Son existence professionnelle se résumait donc à recevoir des remerciements. Véritable figure du nanti, il avait suivi une trajectoire complètement opposée à celle de ses frères et sœurs. Dès son plus jeune âge, Ben avait fait de nombreux voyages en Europe, et il avait même étudié à la Sorbonne. Malgré son aisance financière, il avait loué une mansarde, et s'était rêvé artiste dans le parfait cliché de l'Américain à Paris. Il avait surtout appris le français, et arpenté les musées. Sa famille l'avait regardé un temps avec étonnement, puis avait exigé qu'il revienne travailler au sein du groupe. Il n'avait pas eu le courage de refuser, se pliant aux diktats de son milieu pour préserver sa vie confortable. Docile, il avait même fini par épouser Pam, la fille d'un des meilleurs amis de son père. Le matin du mariage, il avait déclaré à sa future femme : « Ben et Pam… Tu crois vraiment qu'on peut former un couple en seulement six lettres ? » Ils avaient eu deux enfants très rapidement dont les prénoms, Kim et Tom, parachevaient la thématique de l'appellation succincte. Mais, à quarante ans, Ben décida de reprendre quelques pour cent d'autonomie. Il demanda à la fois le divorce et une nouvelle orientation au sein de l'entreprise. C'est ainsi qu'il développa les activités de mécénat, devenant notamment l'un des principaux membres des American Friends of the Louvre. Grâce à cela, il emmenait une fois par an les meilleurs clients du groupe pour quelques jours à Paris, où le point d'orgue du séjour était la visite privée du plus célèbre des musées.

C'est dans ce contexte qu'il rencontra Amélie, quelques années plus tard. Ben fut d'emblée charmé par cette Parisienne très à l'aise dans le relationnel, qui savait accueillir les groupes avec beaucoup d'enthousiasme. Elle fut quant à elle assez rapidement séduite par l'érudition de ce Texan atypique. Leur première rencontre avait été précédée de longs échanges de mails de plus en plus chaleureux, si bien que l'idée de dîner ensemble parut naturelle. Ben réserva chez Loulou, un restaurant dans les jardins jouxtant le Louvre. Il s'intéressait à elle, lui posait des questions sur sa vie, ses filles[1], son travail. La soirée fut si charmante qu'elle passa la nuit avec lui. Au petit matin, elle se dit que ce n'était pas possible, tout était bien trop parfait, quelque chose irait forcément de travers ; il suffisait d'attendre. Dans les premiers jours de bonheur, elle repensa à la décision qu'elle avait prise quelques semaines auparavant. Macron, fraîchement réélu, lui avait proposé de rejoindre son équipe. Si cette idée l'aurait rendue extatique deux ans auparavant, les choses étaient clairement différentes à présent. Bien sûr, elle avait été échaudée par la violence de ce qu'elle avait vécu, en se retrouvant démunie du jour au lendemain. Plus question de se laisser trimballer au gré des humeurs des uns ou des autres. Mais les raisons de son refus étaient ailleurs. D'abord, elle s'était prise de passion pour sa mission. Elle aimait chercher les investisseurs, les convaincre en leur vantant l'importance de l'enjeu. On ne cessait de louer sa capacité de persuasion, son don pour innover ou surprendre. Enfin, et surtout, elle ne voulait pas renoncer

1. Ils découvrirent cette incroyable coïncidence : leurs enfants à tous deux portaient des prénoms de trois lettres.

à sa relation avec ses filles, qui était devenue beaucoup plus équilibrée. Intégrer l'Élysée, c'était dire au revoir aux horaires stables et à la liberté totale dont elle bénéficiait actuellement. Elle remercia le président pour sa confiance, expliqua ne pas pouvoir abandonner son poste ; il ne commenta pas ce refus. Et c'est bien grâce à ce choix qu'elle rencontra Ben.

Dans les premiers temps de leur histoire, il venait régulièrement à Paris. Parfois même pour deux jours. Il lui était arrivé de débarquer sans prévenir, envoyant un simple message : « Je suis là. » Amélie avait du mal à comprendre cette vie si particulière, libérée de toute contrainte financière. Quand elle lui posait des questions sur sa famille, il répondait de manière laconique ; le sujet ne l'intéressait pas. Après tout, pourquoi chercher à en savoir davantage ? C'était un homme éduqué, raffiné, avec qui elle adorait faire l'amour. Un soir, elle avait demandé : « Pourquoi moi ? » Ce à quoi il avait répondu, énigmatique : « Je ne t'ai pas choisie. Cela s'est imposé. » Si elle se sentait tomber amoureuse de lui, elle n'imaginait pas encore lui présenter les filles. Elle préférait laisser flotter cette histoire dans un parfum d'irréalité. Mais Ben ne cessait de dire : « À Noël, tu viens avec elles au Texas. Tu dois rencontrer mes parents et mes enfants... » La perspective de cette réunion familiale lui paraissait improbable, mais elle raffolait de la tournure romanesque que prenait ainsi sa vie.

Quelques semaines avant les fêtes de fin d'année, il se produisit quelque chose d'inattendu. Un de ses anciens collègues lui envoya un lien vers un article du journal *Le Parisien*, avec ce simple commentaire : « Incroyable... » Elle découvrit alors l'interview d'Éric Kherson. Le simple fait de lire ce nom lui donna des sueurs froides ; la journée atroce de Séoul traversa son esprit. Néanmoins, elle se demandait de temps en temps ce qu'il avait pu devenir. En lisant cet entretien, elle comprit beaucoup de choses. C'était justement à Séoul qu'il avait vécu cette expérience d'intimité avec la mort. Pourquoi ne lui avait-il rien dit sur le moment ? Une lumière nouvelle inondait cet événement. On évoquait le succès de cette thérapie révolutionnaire. Spontanément, Amélie voulut lui envoyer un message pour le féliciter, avant de se souvenir qu'elle avait effacé son numéro. Elle songea alors à Facebook, où elle retrouva leur unique conversation. Relire ce message était si incongru :

Cher Éric, je ne sais pas si tu te souviens de moi. Nous étions au lycée ensemble. Grâce à ce groupe, je suis tombée sur l'une de tes publications, et j'ai découvert ton magnifique parcours. Je ne sais pas où tu en es professionnellement, de tes envies, etc. Mais je serais heureuse de pouvoir en parler avec toi, et peut-être même de te faire une proposition. Je suis en train de monter une équipe au sein du secrétariat au Commerce extérieur. Et, même si tu dis non, cela sera pour moi un plaisir d'avoir de tes nouvelles, Amélie.

Cette lecture la replongea dans cette période intense où elle ne vivait que pour son travail, soldate obsessionnelle dévouée à son pays. Par ce simple message, c'était toute l'année 2017 qui refaisait surface. Le premier café avec Éric, puis toutes leurs missions. Enfin, elle revécut leur soirée coréenne, ces heures ineffaçables. Elle se revoyait avec lui, deux fugitifs de la pluie se réfugiant dans cet endroit si charmant. Tout cela avait presque pris une allure intemporelle. Amélie commença la rédaction d'un message, mais quelque chose la retint. Une part d'elle lui en voulait peut-être encore. Une certitude : cet homme ne cessait de la surprendre. Elle songea qu'il y avait quelque chose de très beau dans l'idée que rencontrer la mort vous fasse aimer plus encore la vie.

11

Amélie avait appris la nouvelle tardivement. Laurent, par superstition sûrement, ne lui avait rien dévoilé avant. Alors que la publication était imminente, elle y pensait de plus en plus souvent. À l'évidence, leur séparation avait donné à l'écrivain une nouvelle impulsion. Il allait donc sortir un deuxième roman, dont le titre, *Je vais bien*, sonnait presque comme un slogan d'épanouissement post-rupture. Cela dit, elle trouvait qu'il était bien meilleur que *Le Désespoir des huîtres*. Elle annonça cette nouvelle à Ben :

« Le père de mes filles va publier un nouveau roman.

— Ça parle de toi ?

— Je ne crois pas.

— Tant mieux. Qu'il ne te fasse pas une Claire Bloom.

— Une quoi ?

— C'était la femme de Philip Roth, une actrice anglaise. Après leur divorce, elle a écrit un livre terrible contre lui. Ça lui a sûrement coûté le Nobel.

— Ah d'accord. Mais je ne crois pas que là, on soit au même niveau. Enfin, je ne veux pas minimiser son travail. Tu me comprends… »

Ben était parti dans une sorte de monologue sur le fait

que tout le monde écrivait, désormais. « Un jour, on sera surpris que quelqu'un ne soit pas écrivain, déclara-t-il. On s'exclamera : "Quoi ?? Il n'écrit pas ??!" » Il aimait à exagérer les choses pour la faire sourire. Laurent célébrerait le lancement de son roman au Divan, une libraire du quinzième arrondissement de Paris. Amélie aurait sans doute proposé à Ben de venir avec elle, mais il était aux États-Unis à ce moment-là. C'était sûrement préférable. Ce moment de gloire organisé pour Laurent n'avait pas à être parasité par une telle présentation. De toute façon, Amélie hésitait toujours à mélanger ces deux parties de sa vie. Elle aimait l'idée de ne rien officialiser ; la clandestinité était si plaisante.

En pénétrant dans la librairie, elle remarqua aussitôt Justine dans la foule. Elle avait donc été conviée par Laurent, parmi les collègues et les amis venus célébrer le lancement. Étaient-ils si proches ? Ou avait-il invité l'intégralité de son répertoire ? Sans trop savoir pourquoi, elle demeura près de l'entrée, comme pour observer la scène avant de s'y intégrer. Les filles, quant à elles, se dirigèrent directement vers leur père. Amélie crut alors percevoir un geste furtif de Justine dans le dos de Laurent. Pas à proprement parler une caresse, mais clairement une tendre intention. C'était limpide : ils étaient ensemble. Elle se souvenait de leur connivence pendant leur dernier été. Comment avait-elle pu être aussi stupide ? C'était pour ça qu'il n'avait rien fait pour rafistoler les éléments brisés de leur histoire, qu'il avait si volontiers accepté la séparation. Justine était en guet-apens. Les hommes sont incapables de partir, pensa Amélie. Incapables de partir s'ils n'ont pas quelqu'un d'autre en vue. Tout s'expliquait à présent, ce geste furtif avait suffi. Elle avait du mal à contenir sa colère. Pourtant, elle ne l'aimait plus ; s'il était heureux avec cette gamine, tant mieux pour lui, ce n'était plus son problème. Mais non, cela ne passait pas. Cette histoire avait peut-être même débuté quand ils étaient encore mariés. Que devait-elle faire ? Lui demander des explications maintenant ? Non, malgré sa rage, elle n'avait pas le droit de gâcher ce moment. Elle devait se taire, penser aussi à ses filles. En avançant, elle lança des sourires crispés à certaines connaissances, puis embrassa des membres de son ancienne belle-famille, des amis de Laurent. Pour la plupart, elle ne les avait pas vus depuis la séparation. Elle avait l'impression de faire un grand bond en arrière, de replonger subitement dans une vie qui n'était plus la sienne.

Elle finit par s'approcher de l'auteur pour se faire dédicacer son exemplaire. Elle aurait tant voulu que ce moment soit joyeux, mais elle se sentait terriblement encombrée par ce qu'elle venait de découvrir. Devant sa mine, Laurent demanda : « Ça va ? » Après un léger blanc, elle répondit : « Je vais bien. » Ce trait d'humour permit de basculer dans une atmosphère plus paisible. Après tout, elle était vraiment heureuse pour lui, qu'il ait pu écrire un nouveau livre, et qu'il partage cette victoire avec ses proches[1]. Le libraire tendit un micro à Laurent, et celui-ci sembla ravi d'expliquer pendant quelques minutes ce qui l'avait inspiré. Le public tout acquis à sa cause riait au moindre trait d'humour ; on nageait dans une bienveillance appuyée qui offrait à cette soirée l'illusion du succès. Justine s'approcha d'Amélie, comme si de rien

1. Malheureusement, ce moment de joie serait éphémère : ce deuxième roman affronterait, tout comme le premier, un désintérêt général.

n'était : « C'est merveilleux… » Que lui voulait-elle ? Elle lui avait piqué son mari, ses filles l'adoraient, elle ne voulait pas en plus qu'elles deviennent amies ? Mais Amélie devait se contrôler. Ce n'est pas le moment, se répétait-elle. Comme elle ne répondait pas, Justine enchaîna :

« C'est moi qui ai proposé à Laurent qu'on fasse le lancement ici.

— …

— Je travaille dans cette librairie tous les week-ends.

— Ah très bien… », souffla Amélie, en pensant que cela aggravait l'évidence de leur connivence. Elle avait forcément été au courant de la publication avant tout le monde, et demandé à son patron si on pouvait organiser une dédicace ici. C'était un beau duo qui se révélait là. Justine enchaîna quelques banalités sur les auteurs qu'ils avaient déjà reçus. Amélie contenait son agacement, pour le moment, mais il était préférable de mettre un terme à cet échange. C'est alors qu'une autre jeune fille s'approcha, visiblement essoufflée : « Pardon, je n'ai pas pu faire plus vite ! » dit-elle, embrassant rapidement Justine sur la bouche. Amélie demeura stupéfaite, mais s'efforça de masquer sa surprise. « Je vous présente Mathilde. Mon amie… », dit Justine. Elle n'avait pas dit *une* amie, mais *mon* amie. Et puis le baiser avait tout de même anéanti toute ambiguïté sur le propos. Comment Amélie avait-elle pu manquer à ce point de lucidité ? Elle dont on avait tant vanté par le passé la clairvoyance était devenue brouillonne dans ses intuitions. Depuis son passage à vide, sa compréhension du monde s'était dotée de convictions hasardeuses.

Gênée par sa première impression, Amélie tenta d'être chaleureuse avec les deux jeunes femmes, offrant ainsi une tonalité bipolaire à l'échange. Derrière elles, Laurent continuait de signer son roman tel un homme émerveillé par son propre talent. Puis il fut temps de rentrer ; les filles avaient école le lendemain. On salua tout le monde, et Amélie appela un taxi. Une fois sur le trottoir, elle ouvrit enfin le livre pour découvrir la dédicace. Elle éprouva un choc. Laurent avait écrit : « Pour Amélie, à qui je dois tout. » Elle n'en revenait pas. Cette déclaration était tout aussi belle qu'inattendue. Mais en la relisant, elle lut un autre mot : « Pour Amélie, à qui je dois tant. » Ses yeux avaient sublimé la réalité. *Tant* n'était pas *tout*, mais c'était tout de même pas mal, se consola-t-elle. Avant de monter dans le taxi, elle se retourna une dernière fois pour observer l'intérieur de la librairie. Elle n'avait pas vu Laurent aussi heureux depuis si longtemps.

12

Sur le chemin du retour, elle gardait à l'esprit cette vision du bonheur. Il était temps pour Amélie d'annoncer que, elle aussi, elle était heureuse. Il ne s'agissait pas d'un roman mais d'un homme. C'est ce soir-là qu'elle parla de Ben à ses filles. Les deux répondirent aussitôt : « On le sait très bien, maman. » Depuis des semaines, elles avaient noté des changements dans ses habitudes. Cela allait du simple achat d'un nouveau vêtement à certains sourires sans raison. L'amour la rendait si lisible. Son ravissement débordait à son insu. Eva et Ana semblaient sincèrement ravies pour leur mère. Si Amélie avait voulu préserver son histoire, il allait de soi qu'elle avait aussi appréhendé les réactions des filles. Elles avaient accepté la séparation sans le moindre problème, mais un autre homme, ce serait sans doute une étape plus difficile à franchir. Il fallait croire que non. Le bonheur apparent de leur mère suffisait. Amélie évoqua l'idée de partir pour le Texas à Noël, ce qui ajouta à l'annonce un supplément d'émerveillement. Avant de s'endormir, elle envoya un message à Ben pour le prévenir que son existence était désormais officielle. Il répondit par un cœur rouge dans un premier temps (sûrement était-il en réunion), avant de dire à quel point il avait hâte de rencontrer Eva et Ana lors de son prochain séjour.

Ben venait très souvent à Paris, et n'excluait pas de s'y installer définitivement quand ses enfants seraient majeurs. Amélie se demandait parfois quelle était sa vie au Texas. Il disait assister aux réunions du groupe familial, mais sans y avoir de réelles fonctions. Il avait parfois l'impression de faire partie d'un épisode de la série *Succession* quand il voyait ses frères et sœurs se déchirer pour le pouvoir. Il trouvait cela risible, et était bien content d'avoir une position sans enjeu au sein de l'entreprise. Sa famille le prenait sans doute pour un ovni, et cela lui convenait parfaitement. Cette vie-là paraissait improbable à Amélie, elle qui s'était battue pour obtenir chaque parcelle de sa réussite. Mais Ben ne se comportait pas comme un nanti. Il vivait dans le luxe, il y était né, mais rien ne l'enthousiasmait davantage que l'achat d'un livre d'occasion chez un bouquiniste. De plus en plus, Amélie avait l'impression d'être un pays occupé. Ben s'infiltrait entre chacune de ses pensées, arpentant de sa présence les moindres recoins laissés libres. Si elle ressentait parfois son absence comme une petite douleur, la plupart du temps elle pensait à cet homme avec plaisir ; il lui arrivait de se rejouer leurs conversations dans une réplique rêveuse, et son corps s'impatientait à l'idée de retrouver le sien. Dans quelques jours, il reviendrait pour une semaine entière. Ils avaient pris l'habitude de se faire des cadeaux chaque fois qu'ils se retrouvaient. Amélie savait que Ben avait un goût prononcé pour les cravates ; peut-être même en faisait-il la collection ? C'était un point encore non éclairci de leur relation. Il aimait tout particulièrement un magasin dans le huitième arrondissement appelé La corde au cou. Elle décida de s'y rendre à pied ; la ville paraissait étrangement vide ce jour-là, presque paisible. On aurait dit un Paris voulant devenir Genève. Tout paraissait écrit pour le bonheur, ce qui n'est jamais bon signe. En arrivant devant la boutique, elle s'arrêta subitement. À travers la baie vitrée, elle crut distinguer Ben. Elle pensa fugitivement qu'il s'agissait là, probablement, d'un homme qui lui ressemblait. Une légende dit que nous avons tous un sosie dans le monde. Ben n'était pas censé arriver avant plusieurs jours. Mais non, pas de doute, pas la moindre possibilité de confusion. C'était lui.

Sa première impulsion fut d'entrer dans la boutique pour lui demander des explications. Mais le malaise provoqué par ce qu'elle venait de découvrir l'avait contrainte à la fuite. Elle était si troublée qu'elle se sentait incapable de parler. Prostrée de l'autre côté de la rue, elle baissa la tête quand il ressortit du magasin. D'instinct, elle le suivit. Le cœur battant, elle essayait de se persuader qu'il y avait à cette présence inattendue un motif rationnel. Il était peut-être venu pour lui faire une surprise ; ou avait-il des problèmes qu'il ne voulait pas partager avec elle, de peur de l'encombrer ? Elle continuait à le suivre, se cachant sous les portes cochères dès qu'il faisait mine de ralentir, les jambes tremblantes, jusqu'au moment où elle le vit entrer dans un immeuble. Amélie demeura figée, interdite. Une femme âgée qui passait près d'elle demanda : « Tout va bien ? Vous avez besoin d'aide ? » Elle soupira que non, mais cela lui permit de comprendre quelle image elle renvoyait à cet instant ; pâle et immobile, elle n'avait pas le courage de la rage. Il n'y avait aucune explication plausible. Ben lui avait menti, et cela cachait forcément une histoire sordide. Elle appela au bureau pour dire qu'elle n'était pas bien, et qu'elle ne reviendrait pas cet après-midi. Son assistante annulerait ses rendez-vous. Amélie finit par s'asseoir sur un banc tout près de l'immeuble dans lequel était entré Ben. Elle voulut l'appeler, pour voir, mais il n'allait certainement pas répondre alors que c'était la nuit au Texas. Il continuerait de jouer son rôle de fantôme de l'autre bout du monde.

Amélie était assise depuis une heure sur son banc quand elle trouva la force de se lever et d'avancer vers l'immeuble. Elle attendrait que quelqu'un sorte pour entrer à son tour. Elle vérifierait les noms sur les boîtes aux lettres. C'est alors que Ben en personne ouvrit à cet instant la porte. Ils se retrouvèrent nez à nez. Il était accompagné d'une femme et d'un enfant en bas âge. Dans une maîtrise parfaite, il ne montra aucune émotion en croisant Amélie. Incapable de réagir, elle laissa passer le trio. Quelques minutes plus tard, elle reçut un message : « Je vais tout t'expliquer. » C'était inutile. Elle aurait pu lui faire une sorte de scène, lui crier dessus, mais elle avait été désarmée par la présence de la femme et de l'enfant. Elle erra au hasard dans les rues, ne répondant pas aux multiples appels de Ben. Soudain, elle prit une décision : il fallait en avoir le cœur net. Elle s'installa dans un café, et lui envoya l'adresse. Il débarqua une vingtaine de minutes plus tard, complètement livide. Face à Amélie, il resta d'abord silencieux, comme désemparé par la douleur qu'il venait d'infliger. Puis il se lança dans un récit à l'allure de récitation, comme s'il avait anticipé que ce moment adviendrait tôt ou tard.

Depuis quelques années, Ben vivait en couple avec une Française ; et ils avaient un garçon de deux ans. Il retournait au Texas pendant les vacances pour voir ses enfants, mais la plupart du temps, il résidait donc à Paris. Quand il avait rencontré Amélie, il n'avait pas eu le courage de lui dire la vérité. Il se mit à la supplier de croire en la sincérité de ses sentiments. Il s'était laissé déborder par son mensonge initial, et n'avait pas su comment s'en sortir. Il jura qu'il avait l'intention de rompre pour elle. Bientôt, ils pourraient vivre leur amour au grand jour. Amélie était interloquée. Comment croire un homme capable d'une telle duplicité ? Elle n'avait aucune envie de s'embarquer dans des explications interminables. Il lui fallait toutefois comprendre une chose :

« Nous vivons dans la même ville. Je travaille pratiquement dans le quartier où… tu habites…

— Et ?

— Ton attitude est incompréhensible. Ou alors tu te sens tout-puissant, je ne sais pas. Ce qui s'est passé aujourd'hui allait forcément arriver un jour ou l'autre.

— Je sais. Et je crois que je n'attendais que ça.

— C'est-à-dire ?

— J'ai fait preuve de lâcheté. Je préférais que le hasard agisse à ma place. »

Amélie ne sut que répondre. Était-elle face à un homme perdu dans le dédale de ses contradictions, de ses incertitudes ?

Non, chaque mot prononcé paraissait animé par une forme de jouissance malsaine. Il avait vécu les événements qui venaient de se produire comme il aurait joué à la roulette au casino. Elle ne voyait plus en lui qu'un enfant gâté, avec pour seule distraction l'amusement sentimental. Amélie avait rencontré un Valmont de pacotille. Non, elle ne croyait même pas en son désarroi ; s'il avait été sincère, il aurait été bien plus précautionneux, il aurait tout fait pour éviter de la blesser. Il avait le goût de la destruction, elle le sentait maintenant, comme dans un jeu dont la souffrance de l'autre serait le gain.

13

Il lui adresserait encore des messages plusieurs fois par jour. Elle le bloquerait. Il enverrait des fleurs. Elle les jetterait. Au moment même où elle se sentait heureuse, où elle avait annoncé à ses filles son nouveau bonheur, le saccage refaisait surface. Il n'y avait plus le moindre doute. Le destin s'acharnait contre elle. Chaque matin offrait le goût de l'amertume. Les premiers temps, elle avait eu le sentiment de pouvoir surmonter cette trahison, mais au bout de quelques semaines elle sentit un total effondrement intérieur. Elle demanda à son généraliste de lui prescrire un arrêt maladie, et à Laurent de garder les filles pendant sa semaine. Elle ne voulait plus affronter le moindre regard extérieur. Aucune envie d'être cette personne qu'on considère avec compassion. Elle ne cessait de refaire dans sa tête le scénario de ce qu'elle avait pris pour une idylle, à en devenir folle. C'était lui qui était venu la chercher, qui avait proposé un dîner, qui n'avait cessé de jouer à l'homme parfait. Il aurait pu la séduire et repartir. Pourquoi avait-il sans cesse montré son désir de construire, alors que sa vie était ailleurs ? Elle finit par avouer à ses filles qu'elle avait rompu, et qu'il n'était plus question de Texas. Elle avait tenté de paraître détachée, de s'arracher le cœur avec désinvolture. Mais elles avaient bien remarqué la tristesse de leur mère ; une chose trahissait sa souffrance : elle se parlait à elle-même.

Des mois passèrent dans ce désordre émotionnel. Elle reprit le travail, bien sûr. Quand elle recevait des mécènes américains, elle éprouvait un pincement au cœur. Ben avait au moins eu la décence de ne plus paraître aux réunions des Amis du Louvre. Amélie se concentrait sur sa vie professionnelle et sur ses filles, et ne se laissait plus atteindre par le moindre événement inattendu. Il n'y aurait plus de hors-piste, dans une vie aux accents mornes. Elle n'avait plus de contacts avec ses anciens réseaux ; des années à tisser des relations pour aboutir à du vent. Elle regardait l'action gouvernementale d'un œil de plus en plus critique, mais au fond d'elle-même tout cela ne l'intéressait plus. Amélie développait une sorte de relation indolore au monde. Alors que son activité professionnelle la conduisait souvent dans les plus beaux musées parisiens, elle n'avait jamais pris le temps jusque-là de se laisser aller à la contemplation. Elle traversait les salles comme une automate. Mais la douleur avait comme accentué sa sensibilité. Pour la première fois, elle s'attardait. Certains soirs, après la fermeture, elle pouvait passer une heure à errer dans un musée, sans croiser personne, avec les œuvres de Chagall ou Rembrandt comme unique compagnie. Elle se consolait par la beauté.

Au musée Rodin, elle eut une révélation. Elle y était seule, comme souvent. Aux gardiens, elle disait avoir besoin de préparer les visites privées, d'imaginer comment elle ferait vivre aux mécènes des moments d'exception. Ici, cela l'apaisait d'arpenter le grand jardin, de se perdre entre les sculptures. Il y avait quelque chose d'incongru dans cette rencontre entre l'éphémère et l'éternel. Elle admirait la puissance du sculpteur. Il avait probablement puisé sa force dans le rejet : il n'avait pas été admis aux Beaux-Arts. C'est alors qu'une phrase arrêta Amélie. Tant de fois, elle était passée devant cette sculpture prêter attention à son titre :

Je suis belle

Depuis des années, depuis toujours, elle courait pour attraper un destin qui fuyait devant elle. Amélie avait essayé d'être une bonne élève à toutes les étapes et dans tous les rôles de son existence, tout bien faire, toujours tout bien faire, et la vie n'avait cessé de briser ses efforts ; elle se sentait épuisée de désillusions. Bien sûr, elle admettait qu'elle était privilégiée à beaucoup d'égards, mais une forme de malice du destin déjouait sans cesse ses rêves. Elle se sentait lasse et mélancolique. La combattante avait baissé les armes. Le nom de cette sculpture fut comme une apparition. Amélie l'entendit comme une injonction à son égard. Ce sentiment serait peut-être éphémère, peu importait. À cet instant précis, elle vécut ces mots comme un réconfort, une voie, une façon de reprendre confiance. Rodin lui envoyait un signe. Plus tard, elle apprendrait que le nom de cette œuvre était issu d'un poème de Baudelaire : *La Beauté*.

14

C'est ainsi qu'Amélie décida, sur un coup de tête, de prendre rendez-vous chez Lycoris. Elle avait lu de nombreux commentaires positifs à propos de la thérapie. En s'inscrivant, elle avait précisé vouloir être accompagnée par le fondateur. Il lui fallait attendre pour cela quelques semaines. Elle aurait pu appeler Éric directement, demander un passe-droit. Après tout, il lui devait bien ça. Mais non, elle avait besoin que chaque étape se déroule parfaitement selon l'ordre des choses. Et puis, elle ne voulait pas le prévenir. Le jour du rituel, elle avait posé une journée de repos. Elle avait passé une bonne partie de l'après-midi dans un café du quartier. Qu'allait-il penser en la revoyant ? Au moment de sonner, son cœur battit aussi fort que s'il voulait s'enfuir. On la fit entrer, elle traversa un long couloir et discerna une silhouette ; il était là.

Ils se dévisagèrent, stupéfaits de se retrouver l'un face à l'autre. Enfin, ils se rapprochèrent pour se faire la bise.

« Je ne savais pas..., commença Éric.

— J'ai réservé sous un autre nom. Je voulais te faire la surprise.

— C'est réussi. Je suis...

— Moi aussi.

— Comment vas-tu ?

— Tu ne veux pas qu'on fasse le rituel d'abord ? Je suis un peu tendue... Et on se parle après ? »

Amélie avait raison. Il était préférable de ne pas s'embarquer dans un long récit des dernières années. Elle aimait l'idée de laisser ces retrouvailles en suspens. Elle s'installa dans l'antichambre pendant qu'il préparait le cercueil ; il lui fallait toujours vérifier l'orthographe exacte du nom du patient et son année de naissance avant toute chose. Quand il revint, Amélie lui remit son texte. Pendant des jours, elle avait tenté de trouver les mots justes pour se définir. Elle avait hésité à demander conseil à Laurent : « Tu écrirais quoi, si tu devais résumer ta vie ? » Puis elle avait fini par rédiger cette phrase laconique : *Amélie Mortiers a vécu de nombreuses années de bonheur jusqu'au moment où la vie a décidé de ne pas être aussi simple que prévu.* C'était un peu trop dramatique à son goût ; elle voulait évoquer ses filles ou ses joies, mais face à son ordinateur elle avait été incapable d'insuffler la légèreté qu'elle souhaitait. Elle préféra renoncer à cette partie du rituel et ne donna à Éric que son épitaphe. En prenant connaissance de la phrase, il esquissa un sourire. Pourtant, il se contentait d'être le plus neutre possible lors des cérémonies. Pour orner sa tombe, Amélie avait choisi d'inscrire : *Je suis belle.*

Quelques minutes plus tard, elle avança dans la pièce aux bougies pour découvrir :

AMÉLIE MORTIERS
1977-2024

Elle s'avança vers son cercueil, y entra sans la moindre hésitation. Il y avait toujours eu chez Amélie comme une aisance face à l'improbable. Quand Éric referma le couvercle, elle eut un choc. Imaginer cette situation était incomparable avec le fait de la vivre. Elle se demanda ce qu'elle était venue faire là, dans le noir complet, respirant grâce à de petites ouvertures. C'était une sensation inédite, à la fois étrangement apaisante et inconfortable. Il lui fallut plusieurs minutes pour se détendre, et se laisser envahir par la puissance de l'expérience. Elle fut progressivement assaillie d'images : des souvenirs, des gestes, des regrets. Amélie traversa en pensée ses deux accouchements, puis elle vit sa mère bien trop effacée, et son père qui ne s'intéressait qu'à son frère. Tant de choses enfouies auxquelles elle ne réfléchissait que rarement. Elle perçut Laurent aussi, et s'en voulut de ne pas avoir été capable de considérer leur bonheur. Dans l'obscurité et le silence, elle s'offrait une seconde chance. Pendant ce long voyage introspectif, Éric demeura à côté du cercueil. Il songeait à Amélie. En la revoyant, il avait aussitôt retrouvé l'émotion de leur dernière soirée à Séoul, juste avant sa fuite.

Au bout d'une quarantaine de minutes, elle demanda à sortir. Contrairement à la plupart des participants, elle n'eut aucun mal à renouer avec le réel. L'expérience l'avait même rendue joyeuse :

« C'est incroyable. Je me sens bien, soulagée d'être en vie.

— Parfois, il faut un peu de temps pour s'en rendre compte, mais là…

— Je suis rapide, tu le sais bien.

— Oui, c'est vrai.

— J'ai repensé à tant de choses…

— …

— Je te remercie en tout cas. Je trouve ça si beau, ce que tu as construit. Ce n'est pas rien d'aider les autres.

— Merci. Et toi ? Tu es toujours…

— Non. Je te raconterai. D'ailleurs… Je ne sais pas si tu

as quelque chose de prévu. On pourrait peut-être aller boire un verre ?

— J'aimerais beaucoup mais ce soir je ne peux pas.

— Je comprends... », dit Amélie, en se demandant s'il s'agissait là d'une excuse.

Éric aurait aimé prolonger l'échange, mais il avait rendez-vous avec Isabelle. Ils prirent leurs manteaux en silence, et quittèrent le salon. Amélie reprit :

« C'est plutôt bizarre, comme retrouvailles...

— Oui.

— Mais bon, tu l'avais dit : "On se reverra"... »

Ils sourirent à l'évocation de ces mots qui auraient pu être leur slogan.

« Tu sais, j'ai souvent espéré te revoir... et t'expliquer, prononça Éric d'une voix un peu hésitante, cherchant ses mots.

— ...

— Plusieurs fois, j'ai voulu t'écrire pour m'excuser. Mais je me sentais tellement gêné... Et j'ai pensé aussi que tu ne voulais plus entendre parler de moi.

— Au début sûrement... Quand j'ai lu ton interview dans le journal, j'ai mieux compris ce que tu avais vécu. J'ai compris que tu n'avais sans doute pas pu agir autrement, sur le moment... »

Ils continuèrent à discuter de cet épisode de leur histoire, et cela leur faisait du bien à tous les deux de le clore. Au moment de se quitter, Amélie retint Éric. Elle avait besoin de mettre des mots sur la situation, sans attendre. C'était peut-être ça, le principal effet de la thérapie : une furieuse envie d'immédiat. Elle commença :

« Pardon, je ne veux pas te mettre en retard. Mais moi aussi je voulais te dire quelque chose...

— Quoi ?

— Les derniers temps ont été assez difficiles. J'ai repensé à beaucoup de choses, et je me suis souvenue de notre soirée. Et cela m'a rendue heureuse. Je me suis même dit que cela avait été un moment merveilleux. J'ai compris que je n'étais pas épanouie dans mon mariage, et que je vivais dans l'illusion d'une carrière qui n'était pas faite pour moi. Mais ce soir-là, avec toi, j'ai eu le sentiment d'être moi-même. C'était ça que je voulais te dire. »

On aurait pu croire qu'Amélie avait préparé cette tirade depuis longtemps, mais non, les mots étaient sortis spontanément. Éric regrettait de devoir interrompre ce moment suspendu. Il y avait toujours un décalage entre eux, comme s'ils passaient leur vie à se rater. Il aurait voulu lui parler aussi, lui dire qu'il avait ressenti la même chose. Mais il devait impérativement partir ; Isabelle l'attendait. Ils se quittèrent rapidement devant l'enseigne ; il promit de l'appeler vite. Amélie le regarda s'éloigner. Ce n'était pas tout à fait comme ça qu'elle avait imaginé les choses.

15

Isabelle s'était attaché les cheveux, ce qu'elle faisait assez rarement. Elle était ainsi coiffée exactement de la même façon que le jour de leur rencontre. Il existe peut-être une mémoire capillaire de nos bonheurs. Quand Éric entra dans le restaurant, elle était déjà assise en train de boire un verre de vin. Il justifia son retard par un rendez-vous avec une dernière patiente, un peu plus long que prévu. Étrangement, il ne mentionna pas son identité. Il avait préféré taire une information qui aurait pourtant alimenté leur conversation. D'une certaine manière, il maintenait le retour d'Amélie dans une sphère non soumise aux commentaires, inaccessible. Comme souvent, Éric posait des questions pour faire diversion, pour éviter de parler de lui. Isabelle raconta sa journée à l'hôpital, exactement comme elle le faisait quand ils étaient mariés. Puis elle revint sur la soirée de la veille :

« C'était si émouvant. Ton discours devant les amis de ton père…

— Oui, j'en ai reparlé avec ma mère tout à l'heure. Mais…

— Quoi ?

— Pour moi, l'ouverture de cette dixième franchise, à Rennes… C'est comme la fin d'un cycle.

— C'est-à-dire ?

— Je ne sais pas. J'ai parfois l'impression que ce n'est pas moi, tout ça. Je ne suis pas un entrepreneur. Je voudrais prendre un peu de recul.

— Tu ferais quoi ?

— Je n'ai pas réfléchi à la suite. Et je crois que cela ne me dérange pas. J'aime bien l'idée de ne pas savoir… »

Éric pourrait encore peut-être mener quelques cérémonies, mais il ne voulait plus s'occuper de Lycoris. Il rêvait de choses simples et inédites. Isabelle le connaissait mieux que quiconque ; elle voyait dans ce souhait une forme d'apaisement. Il était enfin en paix avec lui-même, prêt à vivre sans être animé par cette volonté de faire qui est souvent synonyme de fuite. Leur connivence était évidente ; la question de la nature de leur relation se posait à nouveau, forcément. Isabelle annonça :

« Moi aussi, je m'interroge sur mon avenir. Je ne voulais pas t'en parler avant, car ce n'était pas sûr, mais on m'a proposé une mission au Sénégal.

— C'est merveilleux. Tu vas accepter ?

— Je ne sais pas. J'hésite. Je voulais avoir ton avis.

— ... »

Éric se demanda : « Est-elle en train de me demander de venir avec elle ? » Il avait toujours trouvé difficile de deviner ce que pensait Isabelle. Elle alternait divers registres, comme si elle cherchait à le sonder lui, avant de s'exprimer. Il partit aux toilettes pour réfléchir un instant. Face au miroir, il pensa à Amélie. Il était si étrange qu'elle soit réapparue dans sa vie ce soir-là *précisément*. Aurait-il agi différemment sans son retour ? Peut-être. Il regrettait en tout cas de ne pas s'être montré assez chaleureux. Il avait été désemparé par la beauté de sa déclaration. Comme souvent, il était en retard sur les mots qu'il aurait voulu lui dire. Il aurait sûrement dû annuler ce dîner, et rester avec elle. Elle était revenue vers lui, sur son terrain, et il l'avait laissée partir.

« Ça va ? demanda Isabelle quand il regagna enfin la table. Tu en as mis, du temps.

— Pardon, je me suis passé un peu d'eau sur le visage.

— Pour le Sénégal, reprit-elle, je me demande surtout quel est le bon choix par rapport à Hugo.

— Je comprends.

— Et alors ? Tu en penses quoi ?

— C'est une magnifique opportunité pour toi.

— ...

— Hugo peut rester avec moi. Il te rejoindra pour les vacances. Ce sera merveilleux pour lui aussi... »

À travers ces quelques mots, leur avenir se dessinait. Malgré les hésitations affectives, ils se parlaient davantage comme des amis, cherchant ce qui pouvait être le meilleur pour l'autre. C'était sûrement la nouvelle forme de leur amour. Ils n'évoqueraient jamais frontalement ce qui avait traversé leur esprit. Ils basculaient avec bonheur dans la clarté. Quelques mois plus tard, Éric accompagnerait Hugo au Sénégal. Il retrouverait une Isabelle heureuse. Lors de son séjour, elle lui parlerait des rites funéraires ; ici, un enterrement était aussi important qu'un mariage. C'était une grande célébration, et beaucoup s'endettaient pour que l'événement soit à la hauteur. Il arrivait même qu'on engage des pleureuses, des femmes aux larmes professionnelles. Elles devaient hurler, souffrir, créer le fracas de la douleur. C'était le contraire de ce qui se passait en Inde, quand le corps était veillé dans la plus grande quiétude pour faciliter son passage vers une prochaine vie. Éric se passionnerait pour les rites mortuaires, travaillerait à ce qui deviendrait pour lui matière à conférences. Partout où il irait on lui raconterait des histoires autour de la mort.

16

Quelques jours après ce dîner, Lycoris fut confronté à un drame. Suivant les souhaits de sa femme, qui le trouvait de plus en plus fatigué, Rafael avait enfin annoncé son départ. Une fête avait été improvisée ; ses enfants et ses amis s'étaient cotisés pour leur offrir un voyage. La soirée avait été joyeuse, teintée de cette façon unique qu'ont les Espagnols de chasser la mélancolie. Mais le lendemain matin, Rafael s'était senti mal ; sa fille avait appelé le SAMU. Il était mort d'un arrêt cardiaque dans l'ambulance qui le conduisait à l'hôpital. Lui qui avait passé son existence à organiser les enterrements des autres en était à présent l'acteur principal. Et il n'avait donné aucune consigne. Pourtant, il savait mieux que quiconque la difficulté à laquelle étaient confrontées les familles laissées sans instructions. Il avait toujours repoussé l'échéance, ne la considérant jamais comme crédible pour lui. En apprenant la nouvelle, Éric se sentit désemparé. Rafael l'avait accompagné depuis le début ; sa présence avait été déterminante. Il laissait derrière lui une femme désespérée et des enfants qui la convaincraient de faire tout de même le voyage prévu, avec eux, tous ensemble. La veille de la cérémonie, Éric téléphona à Amélie, et débuta directement :

« Je voulais te dire que, moi aussi, j'ai aimé notre soirée à Séoul.

— Enfin…

— Mais je ne t'appelle pas pour ça. Je voudrais que tu m'accompagnes à un enterrement… »

Elle trouva particulière la proposition, mais elle commençait à comprendre que rien n'était jamais vraiment prévisible avec cet homme. Elle fut d'ailleurs surprise en le rejoignant le lendemain :

« Mais je pensais que…

— Quoi ?

— C'est un véritable enterrement ?! »

Pendant la cérémonie, Éric pensa fugitivement que Rafael allait se relever et sortir de son cercueil[1]. Consuela s'était

1. Une déformation professionnelle.

approchée de lui : « Merci pour tout ce que tu as fait. Il a été très heureux de travailler avec toi. Tu sais, il s'est toujours senti si vivant quand il s'occupait des morts... » Cette femme devenue veuve le bouleversait. Deux jours plus tard, Éric annonçait au neveu de Rafael qu'il comptait lui confier Lycoris. Celui-ci s'acquitterait parfaitement de sa tâche, comme l'avait imaginé son oncle, ouvrant même par la suite un centre à Madrid, puis un autre à Barcelone. À la fin de la cérémonie, Amélie fut embrassée par tous les membres du clan Gomez, exactement comme si elle était la compagne d'Éric. Un enterrement demeurait un rendez-vous hautement officiel. En fin d'après-midi, quand ils quittèrent les lieux, ce fut Amélie qui décida de la suite du programme. Elle fit ouvrir le musée Rodin où ils purent se promener dans le jardin une bonne partie de la soirée. Entourés de sculptures, ils burent du vin sous le regard blasé du vigile. Éric demanda :

« Qu'as-tu fait, pendant ces années ?

— J'ai expérimenté tous les recoins de la désillusion, répondit Amélie.

— C'est joyeux...

— Ne te moque pas... Et toi ? Qu'as-tu fait ?

— Je me suis remis à vivre. »

Ils se sentaient si proches. Ils venaient du même endroit, ils avaient le même âge, et avaient chacun, à leur façon, traversé des difficultés. Une intuition commune les poussait à croire qu'un fil romanesque les unissait. En ce jour de deuil, ils se rencontraient encore. Amélie fit découvrir à Éric cette œuvre si importante pour elle : *Je suis belle*. Il y détecta un message, alors il demanda à voir *Le Baiser*. C'est devant lui qu'ils s'embrassèrent pour la première fois. Vers minuit, ils quittèrent le musée. Qu'allaient-ils faire ? Ils ne s'étaient jamais montrés très doués pour se séparer. Encore une fois, Amélie parla en premier : « On doit rester ensemble. Sinon, tu vas encore découvrir quelque chose de morbide quelque part, et je ne vais plus jamais avoir de tes nouvelles… »

17

Ils allèrent dormir chez Éric. Tous deux voulaient étirer ce moment de la découverte de l'autre, offrir au désir des habits de patience. Le lendemain matin, Éric proposa d'aller quelque part en voiture. Ils quittèrent la ville ; elle ne posa aucune question. Au bout d'un moment, elle constata qu'il roulait vers la Bretagne. « Ah, j'ai compris… Tu nous emmènes au lycée… » Il fit non de la tête. Sur l'autoroute, il s'arrêta pour saisir un message sur son téléphone. Amélie, dans sa quête incessante de concret, voulait savoir ce qui se tramait. Vers midi, ils arrivèrent devant un pavillon dans la banlieue de Rennes :

« Tu ne veux toujours pas me dire ce qu'on fait là…

— Tu vas le savoir dans une minute. Tu peux tenir ?

— Je vais essayer… »

Éric s'approcha de la porte, et sonna. Par ce simple geste, il eut l'impression qu'il venait de donner à sa vie une forme géométrique : celle d'un rond. Une femme d'une quarantaine d'années ouvrit aussitôt ; visiblement, elle les attendait. Un chien en profita pour sortir, aboyant sur les deux invités, perturbant momentanément la concentration d'Amélie. Le visage de cette femme lui était familier, mais elle demeurait incapable de l'associer à un nom. Que faisaient-ils chez elle ? Abrégeant toutes les hypothèses, Éric se tourna vers Amélie : « Je savais que cela te ferait plaisir de revoir Magali Desmoulins… » Elle exagéra aussitôt son enthousiasme, embrassant cette femme. Un instant, elle pensa : « Suis-je aussi vieille que ça ? » On ne vieillit réellement qu'en voyant ceux de notre âge vieillir. C'était donc ça, la finalité du voyage. Revenir à la source de l'histoire. Retrouver la fille du lycée. Magali, la créatrice du groupe des Anciens de Chateaubriand.

Quelques minutes plus tard, ils étaient tous les trois assis autour d'une table, face à des coupes de champagne. Magali avait les retrouvailles festives. Sa maison rustique possédait une décoration des plus hétéroclites, une sorte de royaume de l'indécision. On observait par exemple une chaise Louis XVI posée sur tapis népalais. Elle expliqua qu'elle rénovait des meubles pour les revendre en brocante. Il y avait donc une cohérence à ce désordre. Par politesse, ils avaient posé quelques questions à leur hôtesse, mais Éric brûlait d'aller à l'essentiel. Il raconta avoir renoué avec Amélie grâce au groupe Facebook ; comme ils passaient dans le coin, ils voulaient la remercier.

« C'est gentil de venir me dire ça. Nous sommes la dernière génération qui n'avait pas les réseaux pour rester en contact. On s'est quasiment tous perdus de vue. Voilà pourquoi j'ai créé le groupe…

— On était tous dans la même classe ? demanda Éric.

— Non, j'ai intégré toutes les terminales de notre année. En tout cas, cela m'a permis de suivre vos deux carrières respectives. Vous m'avez impressionnée…

— Il n'y a pas de quoi, répondit aussitôt Amélie. Moi je trouve ça beau que tu sois restée à Rennes. Cet attachement aux racines… »

Éric la regarda, repensant à leurs premières discussions. Elle semblait toujours fascinée par cette idée des origines. Magali apprécia la remarque, elle qui se sentait follement bretonne. Cela lui donna des ailes pour raconter de nombreuses anecdotes de leurs années de lycée. Contrairement à la leur, sa mémoire était intacte. Elle citait des noms d'anciens élèves comme Benoît Douvernelle ou Célia Bouet avec une aisance déconcertante. Certaines personnes sont si douées pour le passé. Éric pensa qu'il fallait l'arrêter, et revenir à l'essentiel. Il demanda :

« Ce groupe Facebook, pourquoi l'as-tu créé ? Si tu voulais avoir des nouvelles d'untel ou untel, tu aurais pu lui écrire directement.

— Oui, bien sûr, mais…

— Mais quoi ?

— C'était une période difficile pour moi. Mon mari venait de me quitter. Il avait rencontré une autre femme dans un train…

— …

— Je ne sais pas pourquoi je vous dis ça. Bref, je me suis retrouvée quasi seule avec les garçons du jour au lendemain… À l'époque, toutes les personnes de mon entourage me rappelaient mon mari. Je ne supportais plus nos amis communs. C'est comme ça que j'ai repensé à ma jeunesse. J'avais sûrement envie de retrouver cette période de vie heureuse. Tout paraissait si simple, à l'époque. Et un visage m'est apparu subitement. Celui de Thibault Legendre. Vous voyez ?

— Oui, dit Amélie, sans être vraiment sûre.

— Je ne sais pas pourquoi, mais j'ai pensé à lui plusieurs jours de suite. Je me suis souvenue qu'en jouant au basket en cours de sport j'étais tombée. J'avais eu le genou en sang.

Il s'était précipité vers moi pour me demander comment ça allait. Nous n'étions pas vraiment proches pourtant. Mais j'avais trouvé son attitude tellement adorable. Il m'avait même accompagnée à l'infirmerie. J'avais aimé ces quelques minutes dans le couloir, appuyée contre lui pendant qu'il m'aidait à marcher. Je pense être clairement tombée amoureuse à ce moment-là. Pourtant, je ne lui ai jamais rien dit, et nous n'avons pas trop parlé après cet épisode. J'étais trop timide. Je ne sais pas pourquoi, mais cette scène-là, celle du couloir, est revenue dans ma mémoire. Je me suis demandé ce qu'il devenait, et je suis tombée sur sa page Facebook…

— Et ?

— Justement, j'aurais trouvé ça trop bizarre, ou même un peu pathétique, de lui écrire comme ça. Pour lui demander quoi ? S'il se souvenait qu'il m'avait accompagnée à l'infirmerie vingt-cinq ans auparavant ? Alors j'ai eu l'idée du groupe pour masquer mes intentions. Ainsi, tout le monde s'est mis à échanger, et quand je lui ai écrit, quelques jours plus tard, il n'y avait rien de gênant…

— C'est brillant, commenta Amélie. Et alors ? Qu'a-t-il répondu ?

— Pas grand-chose, à vrai dire. Au bout de deux ou trois messages, on avait fait le tour… »

Elle s'était mise à rire ; rien de grave. L'après-midi continua ainsi sur sa lancée paradoxale, entre souvenirs et amnésie. On évoqua d'anciens amis, ou encore des professeurs, en une succession d'anecdotes plutôt joyeuses ; on évita les histoires tragiques.

Ils se quittèrent en promettant de se revoir. Il n'était même pas impossible que cette formule de politesse se concrétise un jour. « La vie est peut-être ici… », soupira Amélie. Retourner à Rennes. Leurs enfants seraient majeurs dans quelques années ; ils seraient libres alors, tout serait possible. En roulant vers Paris, Éric se laissa aussi happer par toutes sortes d'idées. Il voyait le genou de Magali. Ce genou auquel il devait son bonheur présent. Il se remémora sa torsion de la cheville qui avait causé la mort de son père : cette fois-ci, la poussière du destin basculait en sa faveur. Sans sa chute, Magali n'aurait jamais pu éprouver de sentiments pour Thibault. Il y avait aussi cette femme dans le train qui avait fait bifurquer l'histoire du mari de Magali. Cette inconnue était un rouage décisif du hasard. Voilà ce qui occupait l'esprit d'Éric tandis qu'il roulait. Sans le genou, il n'y aurait pas eu de groupe Facebook des Anciens de Chateaubriand, et il ne serait jamais parti à Séoul, non, sans le genou écorché d'une lycéenne, rien de tout ce qui s'était passé ne se serait produit, pas plus que ce qu'il allait vivre maintenant avec Amélie.

Œuvres de David Foenkinos (suite)

Aux Éditions Plon

LENNON, 2010 (« J'ai lu », n° 9848).

Aux Éditions Albin Michel Jeunesse

LE PETIT GARÇON QUI DISAIT TOUJOURS NON, illustrations Soledad Bravi, 2011.

LE SAULE PLEUREUR DE BONNE HUMEUR, illustrations Soledad Bravi, 2012.

Composition : Soft Office
Achevé d'imprimer
par CPI Firmin-Didot
à Mesnil-sur-l'Estrée, en novembre 2023
Dépôt légal : janvier 2024
Numéro d'imprimeur : 177501

ISBN : 978-2-07-304081-7/Imprimé en France

616188